Frederick, diguem qui ets?

Michael Fontain

Impresión y editorial: BoD – Books on Demand
info@bod.com.es - www.bod.com.es
Impreso en Alemania – Printed in Germany

ISBN: 9788413737393

Dedicat a tu, estimat lector, agrair la confiança que deposites en mi, tot i que soc un «escriptor» novell, tan novell que només he escrit dues novel·les i aquesta és la tercera.

Repeteixo...moltes gràcies.

Dit això (que per mi és molt important) aquí va el relat que vull plasmar amb aquest llibre.

Em dic Anthony Round Culligan, tinc 54 anys, divorciat i sense fills. Després del divorci vaig passar un temps bastant tocat. Vaig tenir depressions,tancament a casa,sensació de soledat...de tot. En perjudici de la meva persona i tots els meus negocis, que funcionaven molt be però, evidentment, tenien la necessitat del cap...que era jo.

Però el meu estat era devastador, no volia saber res de res, estava en estat catatònic, completament absent de tot el que tenia darrera meu, siguin personals, problemes etc. Fins que un dia anava caminant,com sempre absent de tot, ben a prop dels magatzematges Harolds i vaig fer la intenció de creuar el carrer. Amb tanta mala fortuna (no es d'estranyar) que em va atropellar un taxi. De seguida van portar-me al hospital St. Andreus, pensava que no sortia d'aquella, em feia mal tot el cos, no podia respirar... en fi estava fet una merda.

Diagnòstic: una cama i una costella trencades. D'aquí que no podia respirar: era la costella que pressionava el pulmó. Total, ingressat una setmana per observar el meu cap doncs també vaig picar de cap a terra.

Uns dies després, amb l'alta a la mà van portar-me a casa i sort que tinc la Mary, una noia que fa tota la feina de casa i el menjar. La tenia contractada la meva exdona però la noia va preferir no marxar i quedar-se amb mi, menys mal, perquè ara amb aquelles circumstàncies no se que m'hagues passat. La Mary em cuida con si fos un nen, de vegades em fa fins i tot vergonya, però la veritat es que és una meravella.

Aquell accident va servir per treure'm a mi mateix del que es diu « de polleguera». Després de estar dos dies a casa ja no vaig poder més i vaig començar a fer trucades, parlar amb tots els responsables i consultar els bancs sobretot, que això si que era molt important per la marxa de tot. També trucava algun que un altre client per veure com seguia (per allò de veure si perdia cap client...hahaha). Però no, la veritat és que molts van portar-se molt bé i van mostrar cert interès en mi.

Encara no havia acabat aquell confinament obligatori quan una tarda estava con melancòlic i el meu cap va fer com un inventari de la meva vida, dels últims trenta anys: des-de que vaig fundar la primera empresa passant per el meva evolució com empresari i com a persona. També vaig pensar en el meu matrimoni i la dificultat de compaginar las empreses i la convinença de parella. Requeria molt d'esforç per poder atendre bé el matrimoni i les empreses, s'ha de veure la realitat, jo fins ara havia tingut una vida empresarial bastant intensa i no sé com ho he de fer...(però dintre de mi si que ho sabia).

Quan ja ,per fi, vaig sortir el primer dia al carrer sense crosses vaig dirigir-me a un parc que tinc davant de casa, no és molt gran però si es pot fer una caminada; hi ha bancs per descansar i veure passar la gent. No vaig pesar en cap moment de dirigir-me a cap de las meves empreses. El respirar aire pur dels arbres i flors d'aquest petit parc que estava, super cuidat, em donava un plaer fins ara desconegut per mi. Vaig torna a casa i la Mary ja tenia el dinar preparat (era encantadora).

– Què vol beure senyor Anthony?–perquè amb tractava de vostè amb molt de respecte, tot i que jo de vegades voldria tractar-la de tu, però millor així.

–Sí Mary, per favor una mica de vi blanc que tens fresquet al frigi oi?

– Si senyor, no se li escapa una eh? Jajaja

Després de dinar vaig seure a la taula del despatx. La Mary em va portar el cafè i vaig començar a dissenyar la meva nova «vida».
Al matí, vaig telefonar a tots els meus responsables i els vaig citar a les deu del mati. Eren cinc responsables i ja tenia l'esborrany del que els hi havia que comunicar.

La idea era que jo marxava de viatge sense data de retorni els hi feia responsables absoluts. Jo estaria en comunicació via Skype una vegada al mes. Com incentiu ,segons la categoria de cadascun, repartia en total un 15% de la empresa amb accions.el motiu era que es consideressin una mica propietaris d'aquesta i tinguessin més interès, si era possible. Haurien de presentar-me una mini auditoria de la empresa i sobre tot si mai fallessin i em feien torna,fos la empresa que fos, el reposable es podia considerar cessat automàticament i renunciant a la propietat del tant per cent en accions de l'empresa. A més jo portaria la idea de vendre'm la empresa que hagués provocat el motiu del meu retorn. Crec que aquesta proposta era suficient bona com per que funciones tot i pogués jo realitzar el meu objectiu. Va ser més complicat del que jo esperava però al final tots varen acceptar aquestes condicions i van firmar les diferents propostes.

Bé, una vegada havia fet el primer pas, veia molt complicada la manera d'organitzar-me els nous plans. La veritat és que també em feia molta il·lusió emprendre aquesta sortida endavant que pretenia fer la meva vida millor.

Vaig començar per anar al meu metge que em fes un control per veure el meu estat general de salut. Després vaig actualitzar-me el passaport perquè depèn de on, doncs me'l demanarien. Per últim, vaig anar al banc per explicar tot el meu gir professional i de les meves empreses. Veure quines targetes de crèdit eren les millors de portar i poca cosa més. Roba i calçat tenia i sinó ja en compraria on fos. Un cop tot fet vaig dir-me : –per on començo?

Vaig recordar que tenia un amic que era propietari d'una agencia de viatges i vaig anar a veure'l per explicar-hi el meu propòsit.
– Hola bon dia, com estàs Paul? Te'n recordes de mi?

– Anthony! clar que em recordo de tu, que tal? Fa molt de temps que no hems veiem, com estàs, vens sol?

– Sí, estic molt bé, igual què tu veig! i sí, vinc sol...però com diu aquell...es una llarga historia.

– Doncs vinga, explica'm, com vas amb la teva agencia de viatges? Quan obres una sucursal? Aquí veig que tens varies persones treballant.

– Sí Anthony, molt bé tot, però no vagis tan depresa, tu estàs acostumat a la teva força per emprendre però jo soc mes tranquil,
però bé, molt bé. No em lamento, obrint destinacions noves, creuers i més, ara hi ha un interès per viatjar a països exòtics com Índia però la part nativa, la xina interna i la seva cultura,

també el mon del Budisme...etc. Però Anthony parla'm de tu, que has fet duran aquests anys que no hems veiem? la teva dona i que fas aquí, vols fer un viatge? Hahaha, va explica'm.

– Paul tens raó, primer començaré per el principi: en primer lloc estic divorciat de fa casi un any.

– Què dius?

– Sí, i crec que la culpa casi al noranta per cent ha sigut per la meva culpa, tota la meva vida en primer lloc ha sigut la feina i després la resta. Això principalment ha sigut el detonant, ella no m'ha donat ni un moment per reflexionar i ja veus. Hem fet una separació amistosa, inclusiu ens veiem, la veritat que últimament no es tan així, però be diuen que la vida continua. Però ja prou...
Paul, he passat una temporada fatal amb depressions, sentit de culpabilitat, indiferència fins i tot amb el meus negocis però, casualment, vaig tenir un accident i això va ser el que va servir per despertar-me i tornar ha reprendre la meva vida, fen un plantejament nou, intentant recuperar el perdut.

– Anthony, estic completament sorprès, perquè no vas trucar-me? aquests moments son millor passar amb companya que no sol?

– Tens tota la raó, però per sort he pogut treure el cap i veure l' horitzó. He reestructurat les meves empreses i ara em manca que tu em proposis un viatge d'aquells que quan torni tingui la sensació que he viscut una vida desconeguda e inoblidable, que sigui altre persona plena de valors existencials i no de poder, sinó de cultura valorant la vida en sí.

– Anthony, em poses el llistó molt alt però no et defraudaré, em dones dos o tres dies per preparar-te una bona proposta? Tens el passaport al dia?, també tindràs que vacunar-te i ja et diré tot de cop, val?

– Ok Paul, ja trucaràs.

Abans de marxar cap a casa vaig parar en un restaurant a dinar, després vaig caminar pel parc per reposar el dinar i estirar les cames. Vaig domar-me compte que allò que estava fent...feia molt de temps què feia el mateix, que no recordava res, (apart de la primera sortida després del accident) feia tot d'una manera mecànica, sense parar atenció a res en especial... al cap d'una estona em vaig seure en un banc entre sol i ombra a veure passar la gent, m'agrada molt observar a la gent, les criatures, les persones grans, inclòs algun que altre sense sostre...

Portava quasi mitja hora quan vaig decidir de marxar a casa però em vaig fitxar amb un home que aparentava sobre 60-65 anys que va seure en un banc quasi davant del meu: portava una gran bossa que la va deixar a sobre del banc, ell va seure al costat de ella, com aquell que te por que l'hi prenguessin. Millor dit va «desembarcar» al banc, com aquell que porta hores caminant, va posa el cap sobre les mans i aquestes sobre els genolls. Un típic gest de desconsolació i esperant que ningú li veies la cara, com amagant-se de la gent. Anava vestit, no del tot típic d'una persona sense sostre, però evidentment que no tenia on anar a dormir. Al cap d'una estona es va aixecar i, prenent la gran bossa que crec que pesava més que ell, va començar a caminar passeig avall. Jo també vaig aixecar-me del meu banc (pensant en aquest home) vaig travessar al carrer en direcció casa meva.

La Mary havia deixat una nota dient que tenia sopa al frigi, era un sol. Vaig pensar que que faria amb ella quan jo marxes de viatge. Ara no tocava això, veuríem quan arribès el moment quina solució hi trobaria.

Després de dos dies va trucar-me el Paul perquè tenia preparat un parell d'opcions de viatge.

– Anthony bon dia, passa..passa... i seu per favor, estic amb tu en un minut. Mira't això, he preparat dos opcions de viatge, una amb direcció Índia i altre, que per a mi és la mes interessant pel que em vas dir, per Xina visitant també el Tibet, Corea del

Nord i finalitzant a Rússia però només Moscou. Amb aquest recorregut crec que tornaràs tan nou que ni jo et coneixeré hahaha. Ara torno i estic tot per tu. Què et sembla? O si prefereixes et dono tota la documentació de les dos opcions, vas a casa per repassar-la i ja em dius quina vols i si veus qualsevol cosa o preguntar-me el que fos.

– Perfecte Paul, faré el que em dius, a casa valoro el treball que has fet i ja vindré per decidir. Per cert, la sortida quan de temps precisaria, una setmana...dos?

– Anthony no canvies...eh? és un viatge bastant important i el motiu encara més, pren-to amb calma, jo crec que tan una opció com l'altre, en quinze dies podries sortir, has de preveure permisos de entrada als països, vacunes, certificats de salut, passaport vas dir que ja el tenies. Sí, jo crec que quinze dies suficient.

– Ok, ja ens veurem doncs, Paul gràcies per tot.

Estava a casa mirant tot els projectes de viatge que havia preparat en Paul i al mateix temps estava pensant que aquest canvi de vida: el podria aguantar? perquè jo que era una bestia del treball, reunions, projectes, entrevistes de selecció de personal i ara de cop res, els dies no es fan pesats, sempre tenia alguna cosa per fer i si no anava a passejar pel meu estimat parc. Les empreses semblava com si no existissin, els bancs no trucaven: una meravella, de moment, estava feliç i tenia una pau interior desconeguda per mi fins aquell moment. Semblava com si estigues a un món diferent, com expressar-ho... semblava que només veia tot bo i no hi veies res de dolent, observava la natura, els animalets, les persones i em semblaven diferents, sense malicia. Em va vindre el pensament si aquest canvi de vida no el podria haver fet abans i salvar el meu matrimoni, però el què sí he aprés és que els fets no tenen marxa enredera.

Vaig anar a veure al Paul, per concretar el viatge, estiva completament decidit a fer-ho, no volia que res em distregues i es fos a norris el meu desig.

– Paul ja soc aquí!! seiem?

– Aquí, que ningú hems molestara, Anthony com estàs? Ja tens clar el que vols fer?

– I tant que sí Paul, mira aquest és el viatge que vull fer, té la carpeta.

– Anthony, sabia que eres atrevit però aquest viatge es molt potent i llarg, vull dir que no es fa amb 15 dies, al menys dos o tres mesos.

– Paul mira, no tinc presa amb tornar, vull fer el viatge de la meva vida, vull que el facis molt bé, programis el hotels, guies o persones de contacte si calen, desplaçaments i ,molt important, deixa obertes las dades de canvi de lloc, perquè pot ser em trobo bé en un lloc i decideixo quedar-me més dies. En aquest cas, jo intentaré posar-me en contacte amb tu o tu amb mi per d'ajudar-me i que surti tot sense cap entrebanc.

– Ostres Anthony, per preparar aquest viatge necessito una setmana o potser més, com tu dius no vull fallar en res. Pensa que només de passes «salva conductes» per entrar a Xina, Tibet, Corea o al mateix Moscou tots demanen un sac de papers, després els hotels...res, no et preocupis, faré un treball perquè sigui memorable aquest viatge, el tema econòmic?

– Cap problema Paul, per això no et preocupis, d'acord?

Va trucar-me perquè em vacunès, va passar-me un mail de les coses que havia de fer. Vaig trucar al meu metge i a l'endemà en dejú estava a la seva consulta, va preguntar-me perquè tantes vacunes, que si era per un viatge. Li vaig respondre que sí, li vaig explicar una mica i va dir-me...puc vindre amb tu? Hahaha. Va fer-me alguna reacció de tanta merda que em va posar el doctor, però res de importància, de fet el ja em va avisar.

En Paul va trigar deu dies en trucar-me per anar a la agenci.

– Paul per fi, bon dia, ja amb tenies preocupat i impacient al mateix temps.

– Anthony, seu i torno enseguida, vaig a prendre la teva carpeta que més aviat és una maleta hahaha.

Va venir amb tants papers, fulletons i jo que sé més... però realment si tenia que portar-me tot allò , hauria d'agafar un maletí d'aquells que tinc de la fein–Paul tot és meu?

– Sí, però no t'espantis, està tot classificat per països, vull dir que només hauràs de prendre pel destí on vagis, d'acord?

Ell continuava parlant però va arribar un moment que ja no l'escoltava, quan va acabar em va preguntar –què tal, està tot clar?

– Jo el vaig mirar i li vaig dir –Paul tant clar que no recordo res, perdona però és així, tu diga'm quan he de sortir i el demès ja ho portaré tot aprés.

– Anthony tranquil, que no et recordis de res del que t'he explicat és normal i més amb un viatge com aquest. Per quant a la última pregunta, sortiràs el dimarts que ve de la pròxima setmana, d'acord?

– Perfecte Paul, si tingués qualsevol dubte abans de sortir et truco...

– Sí, pren nota del meu mòbil així sempre em podràs localitzar, val? i si no parlem més, desitjar-te un bon viatge i fins a la tornada.

– Gràcies Paul, molt agraït de tot, et faré una transferència d'acord?

Arribant a casa ja tenia el cap ple de consells, destinacions, rutes...jo que sé!! vaig pensar que potser era massa de cop tantes destinacions per mi, que només fins ara treballat d'esquena a les vacances i divertiments. També primer de tot havia de planificar la temporada que tenia que estar fora de casa i pensar que feia amb la Mary.

Vaig aixecar-me d'ora i a la cuina estava batallant ja la Mary.

–Bon dia.

–Bon dia senyor, a la taula té la taronjada.

– Oh...gracies Mary, em dutxo i després vull parlar amb vostè, d'acord?

– Senyor, però no m'espanti.

Després de vestir-me vaig anar a la cuina per esmorzar i la Mary tenia tot preparat.

– Segui senyor que li poso el cafè.

– Mary,per favor, segui aquí amb mi, vull parlar amb vostè.

– Gràcies, molt bé senyor.

Va portar-me el cafè i va seure a la taula davant meu.

–Mary veuràs, vaig a fer un viatge llarg que pot durar bastant, potser un mes o així i tinc pensat quedar-me.

– Senyor, jo no vull plegar de treballar amb vostè...per favor.

–Per favor Mary, pot deixar-me parlar?

– Si, senyor però....
–Mary he decidit el següent: vostè continuarà fent el que fins ara està fent, venint cada dia, repassar, ordenar i el que vulgui fer més. El que no ha de fer és comprar menjar perquè no hi seré, però per la resta, tot igual, vostè quedarà responsable de la casa a tot nivell, la correspondència la posa al despatx i prou. Pel que fa al sou i la seva assegurança, tot continuarà igual, continuarà

cobrant el mateix i continuarà assegurada igual. L'hi donaré un número de telèfon per si hi hagués foc a la casa o quelcom semblant. Aleshores em truca... jajaja, no... vull dir, que si fos molt necessari parlar amb mi, doncs em truca, però si vostè pot solucionar l'emergència, perfecte, d'acord?

– Sr. Anthony, és vostè un cel. Estic molt contenta i no ha de patir per res, em coneix des de fa molt de temps i ja sap com soc.
De veritat estarà tan de temps? puc preguntar-li si el viatge és per negoci o per vacances? viatja sol?

– Mary calma, totes aquestes preguntes li respondré quan torni, podrà aguantar?

La Mary es va posar vermella i va dir:

– Te raó Sr. Anthony, perdoni.

– Li puc preguntar quin dia marxa?

– Possiblement dimarts vinent, ja li diré, gràcies. Mary, demà es trobarà a sobre del meu llit la roba que vull portar-me, procuri posar-la tota amb aquell roller que tinc de color negre i busqui'm una motxilla que jo no trobo, aquella de color marró fosc, d'acord? Gràcies.

– Molt bé senyor.

Era divendres, vaig escriure un e-mail a tots els responsables de les meves empreses, comunicant-los que el proper dimarts emprendria aquell viatge que els hi havia comentat i confirmant la seva responsabilitat i bon fer que havia depositat en ells.

Dilluns ja tenia tot encarrilat, empreses, bancs, casa, Mary, maleta i la motxilla que havia trobat la Mary, també portaria tota la documentació del viatge, hotels, etc. També l'ordinador amb el carregador i el cable del telèfon, era important doncs havia aconseguit un telèfon amb connexió via satèl·lit, per allò de la cobertura segons a quin lloc anés.

Estava una mica nerviós i dubto que pogués dormir, havia de matinar perquè havia d'estar a l'aeroport a les set del matí, doncs l'avió sortia a les nou i mitja a Moscou. Sí, havia decidit començar el viatge per Moscou, espero no equivocar-me.

Just a les set vaig arribar a l'aeroport, vaig facturar la maleta i etiquetar la motxilla. Tot seguit, vaig passar el control policial i un cop tot fet, vaig dirigir-me a un bar a prendre un cafè i esperar pujar a l'avió i començar aquesta aventura... Puc dir que estava nerviós, una barreja d'il·lusió i intriga, no recordava res de la vida anterior: divorci, empreses, és com si ho hagués tancat tot en un armari fins la tornada. Vaig dir-me a mi mateix: – sort Anthony!

Em vaig relaxar al seient de l'avió, eren quasi quatre hores i si pogués dormir una mica, millor.

De seguida va aparèixer la meva maleta a la cinta i a la sortida, un taxi amb el meu nom va portar-me a l'hotel (la programació d'en Paul començava bé).

Tenia reservada una habitació a un hotel situat a un lloc que es deia Les set germanes, resultava que era un conjunt de set gratacels que també li deien les Torres estalinistes, aquesta curiositat me la va explicar el taxista que sabia perfectament on em portava (per cert, amb un anglès perfecte).

Vàrem trigar bastant, tot i que el conductor era una espècie de pilot de fórmula 1, però és que a Moscou les distàncies son bastant grans. L'hotel magnífic, tothom parlant un anglès correctíssim, l'habitació molt espaiosa, digne d'un cinc estrelles. Resulta que el conjunt de les Set germanes, és una magnificència de l'estat rus; es reparteixen en tres gratacels per pisos particulars, per hotels i l'última, per la millor universitat de Moscou i oficina d'exteriors del govern rus.

Després de dinar, vaig sortir a fer una volta, eren tan grans les distàncies que em va resultar esgotador, hi havia tota classe de botiges d'alt nivell i marques, es considerava una zona privilegiada.

El que si vaig veure va ser una gran quantitat de galeries d'art, grans botigues de llibres, que semblaven més aviat petites biblioteques que no pas botigues de venda de llibres.
Fins i tot vaig veure un museu caminant i fent servir el transport públic, que em porta per tot arreu. És una ciutat molt ben comunicada, amb raó és la capital de Rússia.

Em va impressionar el metro, polit, ordenat, segur i amb unes decoracions on cada estació semblava un museu, impressionant.
Un dels dies vaig anar al Kremblin, era com una comunitat en la qual es trobava, per exemple, el Govern o La catedral de Sant Basili, la de les cúpules de colors i color d'or, preciosa. Això estava a la Plaça roja que també hi havia el Museu nacional d'història. També vaig veure quantitat de museus, esglésies ortodoxes, que és la religió oficial...una església molt maca era la de l'Arcàngel Ant Miquel. També vaig visitar la biblioteca més gran del món que era estatal i impressionant.
Vaig sortir una nit per veure que passava a la nit a Moscou però la veritat és que després de prendre dos copes vaig tornar a l'hotel perquè no va agradar-me l'ambient, potser perquè estava sol no se...Una altra nit al hotel, a recepció van fer-me

l'oferiment si volia informació nocturna de Moscou i fins i tot van oferir-me companyia, amb molta educació sobre tot, jo vaig declinar-ho agraint las invitacions.

Al dia següent, vaig ser-hi com aquell que diu tot el dia al hotel, escrivint tot el que havia vist de Moscou i passant les fotos que havia fet, si no feia això al moment no ho faria mai. He de dir que estava impressionat de tanta magnificència i cultura que es veia per qualsevol racó, magnific. L'hotel va posar-me un taxi per portar-me al aeroport.

El pròxim viatge era amb destí a la Xina, després de preparar tot els papers, el vol a Pequín tenia una duració de, aproximadament, set hores i mitja...podria descansar bé, fer balanç de el que havia vist a Moscou i empollar-me de el que volia veure a Xina. No sabia per on començar perquè tot era amb unes distancies enormes. Hi havia tant per veure que havia de prendre la decisió de que volia visitar i que no, perquè corria el risc de saturar-me. És el que va pas-arme a Moscou, sí, tot molt bé, gran magnificència però per mi que vinc de Londres doncs...

Doncs bé, vaig intentar fer-me una llista del que sembla que podria interessar-me i ajudar-me amb els consells del meu amic Paul. Vam aterrar a l'aeroport de Pequín i per la finestra de l'avió ja vaig veure que havia de ser impressionant i ultramodern però de veure'l a caminar per dintre....uf, increïble! L'aeroport es deia Peking-Daxsing, vaig llegir després que és l'aeroport més gran del mon...té 103 quilometres quadrats! increïble!fantàstic i super fàcil d'orientar-se per la gran extensió que té. Una decoració típica del país, guarniments de flors als encreuaments de carres, centres enormes amb uns bonsais envejables, tenia també alguna que altre font lluminosa, ni més ni menys era una mega ciutat de comunicacions. Perfectament vaig anar a recollir la meva maleta que ja la tenia a la meva disposició...

Vaig sortir fora i em semblava com si un taxi estigues esperant, el tenia a mà, el xofer fora dret al costat de la porta i preparat per agafar la maleta, tot amb una serietat i educació digne de fer menció. El xofer amb perfecte anglès em va preguntar: –el Senyor Antony?   Va agafar l'equipatge, va obrir la porta i va dir-me –per favor. Vam sortir de seguida malgrat l'aglomeració de gent i cotxes i busos i de tot.L'hotel era el preparat per Paul, Days inn forbidden, city Beijing. Magnific, per el moment en Paul no m'estava defraudant, li havia de posar un mail per dir-li com anava tot.

Després de passar per recepció i ja amb la clau de l'habitació vaig anar a la planta onzena..magnifica i amb unes vistes inesborrables, a la vista tenia el

Temple imperial, El museu nacional de art de xina, en fi preciosa la vista. Vaig sopar al mateix hotel, la meva reserva tenia inclòs esmorzars i sopars. No vaig demanar res, només la beguda, aigua. Van portar infinitat de platets evidentment típics i boníssims, tot servit amb una educació i pendent de la meva expressió per veure si m'agradava o no....molt bé, perfecte. Una vegada a l'habitació, no tenia gens de son i a més volia marcar-me una ruta i tenia clar el que volia fer un recorregut «turístic», per anar a per feina perquè Pekin crec que no te l'acabes ni amb deu mesos d'estància, per tant vaig demanar assessorament a recepció i amb van oferir un xofer que em portaria pels llocs més emblemàtics, aquest evidentment parlava anglès, el preu era raonable i d'acord, perfecte, endavant
vaig esperar al bar, va arribar a la mitja hora, era un noi relativament jove i simpàtic.

– Bon dia senyor Anthony estic a punt quan vulgui.

– Doncs perfecte anem.

Varem començar per La ciutat perduda, Palau d'estiu del emperador, Temple del cel, Plaça de Tiananmen i també va portar-me a veure el Gran buda de les han i el palau de portalà (budisme). Per cert , en aquest Palau vaig ser-hi molta estona perquè m'interessava molt el moviment budista.

Tot això varen fer-ho en tres dies i ja estava trencat i empatxat, li vaig dir a Hiam (era el xofer) que volia descansar un dia i si podia tornar a l'endemà , si era possible portar-me a veure la Gran muralla xina,. Evidentment, va dir que sí i que estaria a les nou del matí a recepció esperant.

A l'endemà, després d'esmorzar vaig sortir a caminar a veure jardins, edificis típics i tot el que em donés el dia. Mare de Déu, ja no podia més, pensava que no arribava al hotel, jo no sabia quant havia caminat però sí que estava cansadíssim, preo era tot tant maco, tot tant cuidat, net i ordenat que vaig pensar que potser no m'importaria viure una temporada a Pequin.

Al següent dia ,primer vam anar a Xi'an, on està el museu del EXercit de guerrers de tarra-cota, impressionant, semblava com si estiguessis a la guerra, cavalls, soldats, fletxes etc....quan sigui a Londres consultaré i faré una tesis, val la pena. Aquesta sortida va ocupar un dia. Al dia següent per fi a la Gran muralla. Construïda en forma d'arc per protegir tota Xina dels Mongols i altres tribus, té aproximadament 7.000 km, el xofer va portar-me a un punt que, segons el seu criteri, era el mes oportú perquè evidentment era impossible ferla tota. Pensava que era increïble com de dur havia estat el construir-la, en els temps, potser dos o tres-cents anys i les vides que deuria costar perquè el terreny era molt dur. Quan tornavem amb el cotxe li vaig dir a Hiam que jo volia anar al Tibet, però no per pujar a l'Himalaià sinó per anar a veure el Temple de Jokhang i Monestir Shaolin, Temple budista. Li vaig preguntar que havia de fer i si podia ajudar-me o al menys orientar-me. Ell em va dir que si volia em portaria si ens posàvem d'acord econòmicament, també em faria de guia i ajudant per que pogués conèixer gent budis*ta*.

–Perfecte Hiam, jo demà seré l'hotel tot el dia descansant, tu estudies el preu i la ruta, em telefones i aviam si ens posem d'acord.

Una vegada havia esmorzat i el servei va arreglar l'habitació, hi havia com una mena de despatx, era un espai perfecte per seure a fer una mica de treball, tenia connexió wifi...així doncs vaig seure per fer la proposta per l'últim viatge dintre de la Xina. El meu objectiu era aprofundir en el món del budisme i això realment era el meu desig més intim.Em va telefonar sobre les vuit del vespre per dir-me el preu total i si volia podríem sortir a l'endemà mateix sobre les vuit del matí.

–Hiam, perfecte, amb aquest preu està tot complert?, ok doncs demà a las vuit estaré al hall esperant.

Vaig comunicar a recepció que aquella nit no vindria a dormir i potser alguna altra més, però trucaria per si hi havia qualsevol novetat.

– Cap problema senyor Anthony, que tingui un bon viatge.

Hiam va ser puntual com sempre, jo vaig agafar la motxilla amb una muda i el raspall de las dents, telèfon, ordinador...(per allò de no deixar res a l'habitació) i poca cosa més. De seguida ens vam posar en marxa, era un noi molt responsable vaig pensar.

–Hiam, cap a on?

–Sí, anem a la capital del Tibet, Lhasa. Descansarem prenem qualsevol cosa i continuem amunt...hahaha, val senyor Anthony?

–Aquesta vegada tu manes Hiam, perfecte.

Vam arribar sobre las dotze i Hiam va dir d'anar a menjar qualsevol cosa però a un lloc típic.

– Molt bé, el que tu diguis (jo estava encantat).

Després de menjar molt bé, delícies que jo no havia menjat mai, vam sortir i varem anar caminant fins el Temple de Jokhaug i al Monestir Shaolin, tot màxima expressió Budista. Semblava realment que et transportessis a un altre món on predominava la calma, la vida contemplativa, la pau interior, no sé, tothom parlava amb tothom. A més com anaven vestits amb la túnica (Kaxaya) jo crec que ja els predisposava en aquest tarannà.

Varem agafar el cotxe i ens vam dirigir a Bhutan. Quina meravella! Quan arribàvem, uns entrevalls del Tibet, una imponent serpellada de l'Himalaia que allí naixia un meravellós oasis espiritual en mig d'uns paisatges magnífics. Semblava que l'esperit del budisme estava aturat en aquests petits, petitíssims pobles plens de llegendes, petits temples espectaculars, crec que era el més maco que havia vist a la meva vida, crec no, segur! Em van portar a casa d'uns amics i després de parlar ell amb el seu amic va dir-me que soparíem i dormiríem a casa d'aquest amic, que estava orgullós de oferir-nos casa seva (el que jo deia, son d'una altra pasta aquesta gent).

– D'acord Hiam, ja t'he dit que tu manes, estic completament d'acord el que tu decideixis.

L'esposa de l'amic ens va oferir el que estaven sopant, és més, vàrem sopar junts, estava tot molt bo i tot atès amb una delicadesa que era digna d'admiració, perquè aquí no tenien escoles i menys de gran nivell, però.... realment admirables.
Va preguntar que volíem veure de la zona, Hiam li va respondre que jo volia viure i sentir el budisme al mes alt nivell, que jo era anglès i tenia ganes de connectar amb el budisme.

Aquest amic ens va explicar una mica la història del budisme, les guerres que van tenir amb els mongols, unes matançes esgarrifoses i per últim la invasió de l'exèrcit xinès i l'opressió del govern. L'exili del Dalai Lama i moltes coses més, que em van fer sentir més interès encara.

Vàrem sortir a les cinc del matí, perquè ens va despertar l'amic, ens va donar una cistella on hi havia un petit esmorzar/dinar i dues ampolles d'aigua.
Després d'agrair totes las atencions, vàrem agafar el cotxe i cap amunt, El Palau de Potala està a 3600mts d'alçada, no
es podia anar ràpid pel camí, que era de terra, ben cuidat, però de terra a la fi.
Estava tot organitzat, aparcaments i camins indicant per on havies d'anar. Tinc entès que el nombre de visitants l'any és de prop de deu milions.

Vàrem caminar uns cinc minuts i vam començar a pujar uns graons per arribar a l'entrada del Palau (eren 400 graons), uns deu minuts pujant, això sí, tranquil·lament.

A l'entrada, Hiam va treure les entrades i per fi, vàrem entrar.

Menys mal que l'amic va donar-nos les ampolles d'aigua, ja que jo no parava de tragar saliva, tenia la boca seca, no sé si de l'alçada o del que estava veient, impressionant, meravellós, no trobo les paraules per expressar tot el que veia, ple d'artesania, de frescos bordats amb seda, les portes d'entrada a les diferents naus.

Vàrem veure el màxim: el fresc del Leon de las Nieves. increïble de veure la perfecció dels bordats, l'expressió de la cara del lleó, s'havia de tenir compte que tenia 450 anys d'antiguitat.

Vàrem continuar caminant seguint els grups de turistes, alguns amb guia i d'altres lliures com nosaltres.

Gairebé al final de tot, quan es veia ja la sortida, Hiam va fer un crit perquè va veure un amic, el va cridar per que vingués.

– Jaim amic meu...com estàs! que fas aquí? Et trobo fantàstic.. i find i tot et trobo més prim.

– Hiam! jo també et trobo molt bé, estic molt feliç de veure't i tu que fas per aquí? li va preguntar

– Doncs mira Jaim, he vingut amb un client, més aviat amic, oi?
Em va mirar, jo vaig assentir.

— Es diu Anthony i ve de Londres. Tenia el propòsit de conèixer el Palau de Potala i ves per on, et trobo jo a tu aquí....

— Jiam et puc preguntar si estàs aquí perquè pertanys a la comunitat o de visita com nosaltres?

— Doncs si Hiam, des de fa dos anys estic aquí i soc component de la comunitat budista.

— Quina sorpresa Jaim trobar-te aquí vivint en comunitat.

— Puc preguntar-te una cosa? Vaig dir jo.

— Si us plau Anthony, suposo que vols aprofitar i parlar amb en Jaim oi? Va respondre Hiam.

— Doncs si, si no li importa al teu amic Jaim.

En Jaim em va mirar i va dir:

— Pregunti el que vulgui, si està a les meves mans o ho conec, li contestaré.

— Jaim, com és que ha vingut a parar aquí?, a viure fa dos anys...quina ha estat la decisió? Per què la seva vida anterior, que suposo estava completament integrat, em dona aquesta impressió.

– Mira Anthony, et puc parlar de tu oi? perquè al budisme no existeix el tracte diferenciat, tots som iguals grans i petits, rics i pobres.

– per suposat que si Jaim.

– Doncs t'explico una mica del que has preguntat: Hiam ho sap perquè em coneix des de fa molt de temps. Jo tenia una petita empresa d'importació i exportació, funcionava molt bé, just tenia el projecte de canviar de lloc per agafar un espai més gran, per que cada vegada necessitava més col·laboradors que treballessin per mi. Però al mateix temps, tenia una sensació dins meu que tota aquesta forma de viure no portava enlloc, nervis, ansietats i cada cop em preguntava cap a on em dirigia. Problema econòmic no en tenia, però cada vegada tot era més indiferent...més buit.

Hiam ja sap que jo sempre estava amb filosofia de vida i enyorança.

Un dia van venir uns amics dels EUA i els vaig portar com ara vosaltres al Palau. Mentre caminava, jo observava tot i veia a persones de la meva edat, instal·lades al Palau i parlant amb uns i altres i cada vegada tenia més clar que tenia que aprofundir.
Vaig fer dues o tres visites aquí, per parlar directament amb els monjos i en un dels viatges, vaig tenir l'honor de conèixer al Dalai Lama,

estava de visita, tot just abans d'exiliar-se i creu-me que amb deu minuts de conversa, la llum dels seus ulls i l'alegria del parlar, vaig decidir que havia de venir a viure aquí.

Vaig cedir tots al drets als meus col·laboradors i des de fa dos anys visc aquí.

Creu-me que soc un altre, penso diferent, actuo de manera que a vegades ni jo mateix em conec i sobre tot, tinc una felicitat interior que no puc ni explicar-la. Amb aquella petita visita que vaig tindre amb el Dalai Lama, va dir una cosa que la tinc gravada al cor, con si fos amb foc. Em va dir:

– LA FELICITAT NO ÉS MATERIAL, ESTÀ A L'INTERIOR DE LA TEVA ÀNIMA.

Allò va marcar-me, sense que ell ho sapigués, de per vida.

En fi Anthony, no vull influir-te amb res, simplement t'he contestat a la pregunta que m'has fet, podriem parlar hores de la filosofia, del budisme i tot el que el rodeja.

– T'estic molt agraït Jaim.

Hiam va dir:
– Doncs bé, que et sembla si anem sortint Anthony?

– Si Hiam, tens raó, Jaim un plaer en conèixer-te, de veritat.

Li vaig fer una abraçada i vam marxar. No vaig obrir la boca en tot el camí fins el lloc on teníem el cotxe, tenia al cap el Palau de Potala i al Jaim.

– Anthony que li sembla si anem directes a Bhutan, busquem un hotel i a l'endemà marxem a Pequín?

– Perfecte Hiam, anem doncs.

Vàrem arribar sobre les set aproximadament i després d'orientar-nos, vam veure un hotel que semblava que no estava malament,
Hiam va anar a preguntar si tenia habitacions lliures i el preu, de seguida va tornar dient que sí tenien lloc i el preu.

– Molt be Hiam, doncs aparca bé el cotxe i entrem.

– Entri vostè i jo aparco ,val?

– Molt be, t'espero a recepció.

A l'endemà molt d'hora vam enfilar camí cap a Corea.

– Sí Hiam, estic molt satisfet de com ha anat el viatge, tot el que he vist i també del teu amic. Tot sembla com de un altre món.
Però de què viuen?

– Dons de donacions petites de l'estat i bastant grans de particulars, sobre tot de gent famosa, es quedaria parat la quantitat de gent coneguda que col·labora i sintonitza amb el budisme. A part també tenen la seva pròpia agricultura, ramats i tot per viure i no dependre de ningú.

– Sí...ja sé, sí.

Vam arribar a l'hotel, abans de baixar li vaig donar el que havia dit i vaig arrodonir la quantitat, no sense agrair-li els seus serveis.

– Hiam he tingut un veritable plaer en conèixer-te, de veritat.

– Sr. Antony, em dóna molt més de l'acordat, moltes gràcies.

Al cap de dos dies jo ja tenia que sortit per Corea del Nord, última etapa del viatge programat pel meu amic, però la veritat és que ja tenia prou, però faltava molt poc i ja que estava aquí valia la pena visitar-la, tenia tots el permisos preparats fins i tot l'hotel.

A les nou del matí estava firmant la sortida de l'Hotel quan em van tocar a l'esquena i algú em va dir: – Bon dia, a punt senyor Antony, tot preparat? Vaig girar-me i ja sabia qui era.

– Bon dia Hiam, que fas aquí? Tens cap client per recollir?

– Si tinc un, però més aviat que client és amic...hahaha, vinc per portar-lo al aeroport.

– Perfecte Hiam doncs anem– dintre de mi lli vaig agrair molt aquesta visita tan inesperada.

No va voler cobrar-me res i va donar-me el seu telèfon particular, per si ,de tant en tant, volia que parléssim. – Perfecte Hiam ho faré, gràcies per totes las atencions que has tingut amb mi.– Ens vam fer amb una abraçada, vaig agafar la maleta i de seguida era al mostrador per fer el check in.

Vaig passar el control de la policia amb mil i un....però be, tot controlat i a fer un passeig per aquell Aeroport que era enorme, supermodern i a mi va semblar-me mes gran que el Moscou. Home, per número d'habitants no es comparable amb els 1.300 milions de persones a Xina. Hi havien botigues d'alta costura, d'alt nivell, productes típics, en fi una oferta enorme. Avorrit ja de donar voltes vaig voler prendre un cafè però afortunadament van cridar per embarcar als passatgers amb destí a Pyongyang.

El vol va durava quatre hores i mitja, ens varen donar un refriger, sempre amb la típica delicadesa asiàtica i amb el somriure a la expressió de la seva imatge, realment agradables. Després d' aterrar i arribar a l'interior de l'aeroport vaig quedar bocabadat, era inimaginable si no el coneixes en persona, per mi és el més gran del món i dissenyat amb idea de futurisme, impressionant, des de l'aire es veia una torre de control que semblava com si fos una nau espacial i el edifici amb els amarres pels avions...no sé ni com descriure'l, en fi.

De seguida vaig agafar la meva maleta i vaig dirigir-me a la sortida per prendre un taxi al hotel. Primera sorpresa, una persona degudament ben arrelada es va dirigir a mi i va presentar-se.

– Bon dia ser Anthony, aquí li presento las meves credencials per dir-li que sóc l'acompanyant que l'Estat ha ordenat per acompanyar-lo amb la seva visita al meu país Corea del Nord. D'ara en endavant sempre seré al seu costat per guiar-lo a on vulgui anar i aconsellar els llocs que deu coneix inevitablement.

– Perdoni, a veure si he entès el que vostè ha dit, sempre el tindré al costat meu, no puc anar sol per on vulgui?

– Justament així és, i ara si amb permet agafo la seva maleta i anem al hotel, agafarem aquest cotxe que també estarà a la seva disposició fins que duri la seva visita.

Vaig sentir-me com si fos un espia o un ministre o que sé jo....mentre en el cotxe, mirava tota l'estructura de l'aeroport que era realment magnifica però completament desaprofitada doncs no hi havia una gran quantitat de gent que arribes i sortís.
Varem enfilar una gran avinguda de quatre carrils amb els dos sentits que anava a la Plaça Central, que corroborava el que abans deia; si ens varem creuar amb vint cotxes poder eren massa. Tot fet amb una gran magnificència però sense aprofitar res, absolutament solitari, vaig pensar que era festa i li vaig preguntar al meu acompanyant perquè tanta poca gent i circulació de cotxes i em va contestar que això que veia, era completament normal, que Corea era així, sense aglomeracions de gent enlloc.

Vaig arribar l'Hotel, just a la Plaça Central, vaig anar a recepció sempre acompanyat per aquesta persona designada a mi.
Al taulell ja sabien qui era i tenien tot preparat, van donar-me la clau i en aquell moment el meu acompanyant va dir-me que fins demà al mati a las deu.

–Perfecte –l'hi vaig dir–Per cert, potser surti aquesta nit a donar un volt.

– Si és això el que vol, cap problema, doncs l'esperaré que he d'acompanyar-lo.

– Però, esque no puc anar sol a caminar?

– No senyor Anthony, les normes son aquestes a Corea del Nord.

– Doncs bé, ja se'n pot anar que no sortiré.

– Perfecte, fins demà doncs. Bona nit, que descansi.

Realment el meu acompanyant no va voler contestar-me grosserament i per això va dir-me que estaria al hall del hotel esperant-me per sortir a donar una volta i jo vaig desistir,
després em vaig assabentar: resulta que a patir de les onze de la nit els ascensors deixen de funcionar a la part alta de l'edifici que casualment es on son els turistes per evitar que surtin a la nit. Realment, a la nit tot està tancat, bars, discoteques o llocs de diversió que materialment no existeixen. En definitiva, sempre has de fer el que ells vulguin que visitis, fotografies o coneguis.

Al matí vaig baixar i ja tenia al meu acompanyant esperant.

— Bon dia, com ha dormit?

Molt bé gràcies, així doncs avui on anem o millor dit a on em porta per conèixer una mica la capital?

— Com estem a la Plaça Central aprofitarem ver veure l'arc del triomf, després veurem las dos estàtues de bronze de 30 metres d'alçada en honor als dos presidents de la república i després anirem al palau memorial de Kumsusan que hi trobarem els cossos embalsamats de aquests dos presidents morts; Kim il-sung i Kim jong-il.

Aquesta ruta la vam fer en tot el dia, la guia que parlava perfectament anglès i anava inclosa en el paquet de visita a Corea, va descriure tot el que veia amb tota classe de detalls, guerres, morts del enemic i etc etc.

Vam arribar a l'hotel, ens vam acomiadar fins al da següent i vaig pujar a la habitació. Estava jo d'un humor negre...negríssim, tant és així que vaig telefonar a recepció els hi vaig donar-hi el número de vol i dia per tal de fer el vol de retorn a Londres el més aviat possible. Realment ja en tenia prou, és com si estès en plena dictadura, no podia fer això, no podia visitar allò.....no podia....etc etc. Prou, a casa!

A la fi, amb el viatge que havia fet, menys Corea, estava molt content per tant no volia trencar la sensació. Mare de Déu, al cap d'una hora van trucar-me de recepció que tenia vol pel dia següent a les deu i mitja del matí, vol directe a Londres, aquesta ve ser la bona sorpresa d'aquest viatge tan desconcertant i desil·lusionat. Abans de posar-me al llit vaig fer la maleta i vaig dir que em despertessin a les set del matí per arreglar-me i esmorzar. Van dir-me que perfecte, que ells es cuidarien de tot i que bona nit.

A l'endemà varem despertarem puntuals –Bon dia senyor Anthony-.

Dutxa, arramellar i maleta i a recepció. Tenia dintre de mi una sensació que havia perdut tres dies desperdigolats i que els podia haver aprofitat amb el meu guia Hiam per conèixer mes indrets, però els moments són el que són i no tornen, potser s'intenten repetir però mai acostumen a sortir segons el record que tens de la primera vegada.

A recepció, es veu que ja feia estona que esperava per portar-me a l'aeroport el mateix home i el mateix xofer, es veu que recepció deuria passar el «part» de la meva marxa.

– Bon dia senyor. Anthony, tot a punt?

–Sí, tot a punt, quan vulguin sortim.

El xofer va conduir sense obrir boca, a una velocitat crec jo una mica inapropiada, però a la fi sense perill doncs no vam trobar cap cotxe, allò que deia de estructures infravalorades.

Arribant, l'acompanyant va prendre la meva maleta també sense obrir boca i va portar-me al taulell just per despatxar i facturar la maleta. Fet això, va acompanyar-me al control policial i després de passar ens vam acomiadar sense obrir boca. Ni per dir-me bon viatge, increïble, està claríssim Corea del Nord era un país ultra modern amb un poder que fa que pensar, perquè crec que tenen inclòs la bomba atòmica. La seva gent son autènticament servidors del poble; tenen molt interioritzar que les valoracions i opinions no les poden ni han d'exterioritzar. Com jo dic: estat policial-dictatorial.

Per fi dintre de l'avió camí a casa, amb la duració del trajecte tindria temps de fer una recapitulació de aquest viatge, ara des de la finestreta veuria aquest país d'estructures enormes, penso jo, amb previsió de futur, i sobre tot avui mostrant a l'estranger la magnificència i ordre que els carateritza.

Durant el viatge no deixava de recordar la estància al Tibet, del meu Hiam, del Jaim, del amics del Hiam on varem sopar i dormir, tan agradables, amb una filosofia absolutament diferent al món que jo vivia...

Vaig pensar que el primer que faria en arribar a casa seria trucar a l'Hiam per dir-li que ja estava a Londres i em passés la seva adreça per escriure'l o si tenia mail. Han estat casi dos mesos i mig fora de casa, però casi allò que es diu: sembla ahir que vaig marxar. Vaig conèixer gent de tot tipus, llocs molt diferents entre si, religions diferents i polítiques diferents. Paisatges meravellosos, riquesa, pobresa....crec que podria escriure un llibre...hahaha. Desde l'aire vaig veure el meu país, preciós, després l'aeroport i per fi, obria la porta de casa, de casa meva.

Tot estava com jo recordava, ben cuidada, perfectament neta, clar això li devia a la Mary. Tenia com una sensació estranya, una sensació que no sabia con explicar-me, però a mida que caminava per casa, desfeia la maleta o inclòs vaig anar al bany a rentar-me las mans i em vaig veure al mirall em semblava com si no fos jo mateix, vull dir, no el de sempre. Ni per un moment aquells dies vaig pensar amb res de el que hi havia a Londres, ni pròpiament casa meva, no sé... era una altra persona, tot em semblava llum, els objectes el llit, els armaris això si que estava molt lluny però bé no li vaig donar massa importància i vaig continuar instal·lant-me. Tenia gana i era casi hora de sopar, vaig anar al frigi per curiositat si havia qualsevol cosa per picar i vaig veure el frigi vuit....però amb una nota que deia:

«Senyor, per si arriba amb gana, al primer calaix del congelador trobarà un taper, agafi'l posi'l al micro i suposo que li agradarà.»
Aquesta Mary era la millor... no vaig tardar ni dos segons en trucar-la, volia esperar a l'endemà però no podia esperar per donar-li les gràcies d'aquest detall. A les nou del mati, puntual com sempre arribava la Mary, amb la cara vermella com si vingués de prendre el sol i amb una expressió a la cara que no calia que digués res.

– Bon dia Senyor, què tal? Com està vostè? més prim , no? Li ha agradat el viatge?

No parava de fer-me preguntes, tot era pel mateix nerviosisme i il·lusió que jo retornés.

–Mary, tot molt bé, ha sigut una experiència que sempre recordaré... i si que és veritat que m'he aprimat una mica, però no em preocupa perquè tu ja et cuidaràs de que torni tot a pues-to... Ella va riure d'orella a orella i vermella com un tomàquet.–Mary he portat un record per tu, té mira si t'agrada, és una reproducció del Palau de Potala, seu dels budistes. Si tens curiositat i temps, a casa teva entra a Google i visita'l, veuràs quina meravella i la gran història que té.

– Moltíssimes gràcies Senyor,vaig a la cuina per organitzar-ho tot, dinarà a casa?

–Doncs la veritat és que no sé el que faré, encara he de posar el meu cap a lloc. Tu si vols fes qualsevol cosa i si vinc doncs bé, sinó la soparé d'acord?.

– Molt bé senyor Anthony, així ho faré.

Vaig sortir al carrer, em venia de gust caminar, davant tenia el «meu Parc», vaig voler caminar pels carrers per contactar amb la gent i tot el que representava la meva ciutat natal. Al cap d'una bona estona, arribo a un carrer i m'enrrecordo d'un bar que solia anar a prendre un cafè, molt bé doncs val... al cafè, aprofitant vaig comprar el diari i vaig seure al bar. Prenent el cafè vaig fullejar el diari però tenia més ganes de recordar que de llegir. Vaig pagar el cafè i vaig enfilar el carrer que si arribava al final, materialment seria dintre del parc. No sé el que tenia però tenia molta tirada, em trobava molt bé caminant entre els arbres, les flors i el verd de la gespa amb aquella olor tant penetrant quan es acabat de segar.

Caminant per entre mig del Parc, no hi havien fet res de nou, però tot seguia igual de ben cuidat i, per cert, havien pintat els bancs per descansar la gent, que per cert, eren molt còmodes.

Després de caminar jo que sé quanta estona, perquè des del viatge ja no portava rellotge, vaig veure el banc on acostumava a seure que a més estava situat quasi davant de casa meva, estava lliure, vaig seure perquè la veritat estava cansat. Vaig repassar el diari i al cap d'una mitja hora, vaig pensar que era hora d'anar a casa, dinar i descansar, doncs encara estava una mica estrany.

Quan vaig arribar, la Mary ja havia marxat, a la nevera tenia el dinar preparat, així doncs, a taula! després al sofà per prendre un cafè que havia fet i al mirar una mica la televisió, em va venir el record de Hiam, li vaig fer un Whatsapp dient-li que ja estava a casa i que em donés la seva adreça o el seu mail. Va respondre a la nit per allò de la diferencia horària. Es va interessar per si havia arribat bé, també em va escriure el seu correu electrònic i que quan volgués que el truqués per Whatsapp per parlar una estona...com sempre una persona magnífica.

Durant uns quants dies feia el mateix que si fos un turista visitant Londres, vaig adonar-me que feia molt de temps que no visitava el famós Museu de la Cera, o pujava a la noria o que sé jo, infinitat de llocs que com vius aquí, penses que ja els visitaràs però no arriba mai aquest moment.
De tant en tant, passejava pel parc perquè al menys per mi era molt agradable, respirava oxígen i si podia agafar un banc dels que a mi m'agradaven,

passava una bona estona llegint o observant a la gent. Tant em vaig acostumar, que materialment cada dia passava una estona, generalment després de dinar, estava més tranquil doncs suposo que després de dinar vols estar a casa reposant, jo preferia seure a la petita natura que tenia l'abast.

Una d'aquestes tardes assentat al meu banc preferit vaig veure com arribava un home super carregat amb una bossa casi més gran que ell, va seure davant meu. Va cridar-me l'atenció perquè la seva manera de fer no era arrusquera i també semblava ordenat, eren detalls que per mi no eren normals amb un sense sostre. Després de mirar-mel molt vaig recordar que era al mateix que una dia abans de marxar de viatge, vaig fixar-me amb ell i potser pels mateixos motius que avui m'han cridat l'atenció. Després de molta estona d'observar-lo, jo volia parlar amb ell però no m'atrevia, i si s'ofenia o em deia que no el molestés o que sé jo. Ell també, de tant en tant, em feia una repassada, però sense més. Estava a punt de cridar-lo però en aquell moment precís va aixecar-se agafant la bossa i va marxar.

Reconec que aquesta curiositat no arribava enlloc, més aviat era una xafarderia per passar una estona, però tot i així va quedar-me aquella sensació de tenir un interès especial per saber qui era aquest bon home, havia de trencar la por del ridícul i parlar amb ell per veure del cert qui era.

Al dia següent vaig dinar fóra de casa i la sobretaula es va fer llarguíssima, al sortir del restaurant tenia l'estomac pesat de tanta estona que havia estat assegut i caminant sense presa vaig arribar al parc, semblava com si visqués allà, vaig pensar, perquè inconscientment sempre hi anava a parar. A deu metres tenia davant aquell home caminant també, vaig fer temps per veure on es dirigia perquè el seu pas no era el meu. Es va detindre al mateix banc de sempre, fent tot igual que ahir: primer la bossa ben posada per que no caigues i després ell va seure. Doncs d'avui no passa que parli amb ell, vaig pensar. Al arribar a la seva alçada el vaig saludar.

–Bona tarda senyor, puc seure al costat seu? –jo estava nerviós–.

Ell va mirar-me als ulls d'una manera que em va travessar, tenia una mirada molt penetrant.

– Com vulgui, no li puc prohibir– em va dir.

Estava a la defensiva, però així com la mirada era dura, la veu era càlida i sense presses, molt calmada.

–Perdoni que el molesti però fa dies que vinc aquí al parc perquè estic molt gust, a més sempre procuro al mateix banc, veu? aquell de davant.

Com li deia he coincidit amb vostè alguna vegada i sempre he tingut ganes de parlar amb vostè però no he tingut l'ocasió o si la he tingut no m'he atrevit per por a molestar. També he vist que vostè algun cop em mirava però suposo sense cap interès –Ell em mirava de tant en tant mentre jo parlava, però ell no obria boca.

Una de las vegades que jo parlava vaig aprofitar per presentar-me.

– Em dic Anthony

Vaig esperar si ell em deia el seu nom, però va mirar-me profundament. Es va aixecar i va agafar la bossa.

– Perdoni que li he molestat? Va tornar a mirar-me i em va dir.

– Adéu bona tarda.

Va deixar-me amb la paraula a la boca i amb un sentit de culpa de que jo era un xafarder i de no veure que si una persona no tenia ganes de parlar, no havia de perquè pressionar.

Després de diferents dies de la meva visita al parc, aquell bon home no venia i jo encara amb més sentit de culpabilitat.

Un dia que vaig anar al parc, abans de dinar, estava llegint el diari i sento que em criden.

– Anthony!– era una veu càlida però no veia qui em cridava, però vaig pensar en aquell home.

– Hola Anthony.

Va sortir de cop al costat meu (que no ser d'on va sortir), vaig quedar-me sorprès i vaig aixecar-me.

–Hola, com està? Que menys pensava jo amb vostè, es troba bé?

–Sí Anthony, em trobo bé, puc seure al seu costat?

–Si us plau i tant que pot seure i és que em fa molta il·lusió perquè pensava que l'havia ofès.

– Em dic Frederick i per suposat que no estic enfadat amb vostè.

–Veurà Frederick, és que he vingut vàries vegades al parc, perquè soc assidu, i no hem coïncidit mai, aleshores he estat pensant en el dia que el vaig parar i, de veritat, me n'alegro que no sigui així i no estigui enfadat amb mi. Visc bastant a prop del parc i en la mesura del que puc, faig una escapada a relaxar-me i respirar una mica d'aire i també li he de se franc, veure passar la gent, els nanos.... i en fi, tot el que em crida l'atenció. Fins ara he portat una vida bastant estressant i no m'he n'he adonat mai de tot el que tenia al meu costat. Perdoni si soc pesat però a mi m'agrada parlar i si no em diuen res no trobo mai el punt de parar.

– Anthony, per mi pot explicar el que vulgui, al contrari, m'agrada escoltar-lo i com pot imaginar-se no hi ha massa gent que parli amb una persona com jo o altres de cents com jo, per tant li agraeixo molt aquestes petites xerrades, però si us plau, que l'he interromput...continuï...continuï.

– Doncs com li deia Frederick, de petit amb els meus pares si que em portaven a conèixer llocs diferents o pobles o diversions, de veritat que vaig tenir sort de tenir els pares que he tingut, pobrets tots dos son morts.

– Si que ho sento, l'acompanyo en el sentiment, perquè tenir un pare o una mare, sempre tens un punt que no et fallarà mai, et consolarà o et farà senti l'alegria si cab millor.

Vaig mirar-me aquest home i va fer-me sentir per un moment, l'estima que tenia jo pels meus pares i quan van morir, tot i que estava casat, vaig sentir-me autènticament sol, havia perdut un algú que no sé explicar, però que m'acompanya durant molt de temps, un buit profund amb tu mateix.

– Doncs si Frederick, tens tota la raó. Els meus pares tenien l'obsessió que fes carrera, advocat, metge, mestre... jo que sé, però que fos algú important de gran. Però resulta que a mi no m'agradava massa estudiar, o el just i prou, a mi m'agradava el comerç, allò de comprar i vendre, fer negocis importants i a poguer ser, sense estudiar massa. La meva mare deia: ai...Anthony, faràs enrrabiar al pare perquè no hi ha manera que estudiïs, però la veritat que és que jo veig que ets molt llest i tens habilitat per fer negocis, ja de petit erets molt espavilat, el teu professor cada vegada que em veia amb deia, vaja quin fill que té tant espavilat eh?

Pobre mama, tant que m'estimava. El meu pare era diferent, era molt seriós i rígid, però quan es descuidava, el sentia parla amb la mama, dient-li el que m'estimava i que estava orgullós de mi.

– Frederick, perdoni, però he de marxa a casa, no me n'he adonta de l'hora. Ens veiem demà?

– Anthony, potser si, vagi, fins demà.

He hagut de plegar així d'imprevist perquè m'estava emocionat i a punt de deixar anar una llàgrima al recordar als meus pares, pobrets quan m'estimaven i jo a ells.

Al obrir la porta de casa no se sentia cap soroll i vaig pensar que la Mary havia marxat, tot i així vaig anar a la cuina per si de cas estava plegant, però no, estava sol.... en aquell moment que em trobava sol a casa meva i ningú em molestaria, vaig agrair el silenci i després de posar una copa del meu brandi preferit, vaig seure al sofà estirant les cames i vaig tancar els ulls... el meu cap va està navegant pel temps passat, recordant moments molt bons i moments molt dolents, que els tenia arraconats. Al cab d'una bona estona, tenia ganes de dutxar-me, relaxar-me i sopar qualsevol cosa que Mary segur tindria a la nevera i potser veure una peli o algun programa que em distragués.

A l'endemà, quan estava esmorzant el que la Mary havia preparat, em va telefonar el director del banc, – tindries que passar per la oficina, no és urgent, però tingues present que et vull veure.

– D'acord ja passaré.

Aquella trucada em va despertar qui era jo i el que representava, negocis en l'actualitat funcionant, persones batallant-se per mi, responsables, dirigents, etc. Per l'esquena va passar-me un formigeix de dalt a baix i l'estómac es va estrènyer. El meu subconscient no volia saber res d'«aquella» vida, és que realment no tenia ganes de res de tot això, volia viure sense cap preocupació ni responsabilitat.

Tenia un caos al cap que així no volia continuar, havia de trobar la solució.

A mig matí estava al banc parlant amb el director. Em deia que tenia sobrant d'efectiu al compte i que seria bo treure'l de saldo a la vista i invertir-lo en un plà de pensions per més endavant.

També em deia que potser era el moment d'invertir en un parell d'empreses ubicades a la Xina, especialitzada en investigació de comunicacions. Sortint del banc tenia el cap com una campana, només em va faltar l'entrevista amb ell per tenir l'estómac més apretat. Se'm feien colla amunt tots aquests merders, inversions, etc.

Caminant, vaig trobar un cafè molt petitó, però molt agradable i em vaig asseure dins a prendre un cafè, dins no se sentia el soroll dels cotxes i la gent. El noi va portar-me el cafè i el diari, el vaig mirar i somrient vaig donar-li les gràcies.

Sortint del cafè, va donar-me un cop d'aire a la cara i és com si em donessin una bufetada, però agradable, vaig despertar d'aquell estat de preocupació des que havia parlat amb el director del banc. Caminant, com no, arribo al parc, tenia ganes de caminar i vaig fer un recorregut diferent, anant al revés del de sempre.

Després d'hora i mitja que estava ja cansat, veig el meu banc preferit i em sento com aquell que arribo a la meta, uf...que bé! estava sol, en Frederick no havia arribat tampoc i en realitat hi havia poca gent, perquè el temps no acompanyava.

Ja era bastant tard i mirant l'hora al rellotge del campanar penso que hauria d'anar a casa.
Quan sortia del parc, vaig parar al semàfor i sento que em criden, vaig girar-me i era en Frederick que em saludava.

Li vaig dir que si ens veiem demà, després de dinar.
Ell va dir-me que sí, que fins demà.

Després de dinar i caminant en direcció al parc (sentia con una força interior que em feia anar al parc) pensava que avui el faria parlar jo a ell, per que és tan callat que resulta que només parlo jo, a més que vull saber qui és!

Estava arribant i ja el vaig veure assegut al banc de sempre.

— Hola Frederick.

Ell es va girar i es va aixecar per donar-me la mà.

— què tal? com estàs? tot bé? vaig preguntar-li.

— Anthony, — va mirar-me i em va dir — doncs crec que bé, si es pot dir bé, a una persona com jo, sempre amunt i avall...

Va mirar-me d'aquella forma tan especial, amb els ulls com ressignat a la vida que ara tenia, amb una tristor absent, realment la mirada expressa un munt de circumstàncies.

– que passa Frederick, tens mal dia avui? Vols que parlem? Diuen que el millor és parlar del problema que t'angoixa i sobretot amb una persona que no la coneixes suficientment, perquè d'aquesta forma no influencia en res, perquè segurament no té cap interès aquella persona, però a un li funciona de meravella.

Frederick tot callat mentre jo feia aquesta reflexió, que parlo massa..., va aixecar el cap i em va dir:
– Potser sí que tinguis raó, però si jo fes això d'explicar-te la meva vida o com a mínim perquè estic aquí i en aquestes circumstàncies, no sabria ni per on començar.

– Doncs la resposta és molt fàcil Frederick.....com diu l'escriptor
PEL PRINCIPI....!!!

– Frederick, diguem qui ets?...

Va ser la primera vegada que el vaig veure somriure i igual que la mirada, vaig quedar sorprès de la manera de somriure, aquest home tenia molt que explicar, segur que és culte i té coneixements per explicar-me tota una vida interessantíssima, vaig forçar-lo:

– Va Frederick comença, jo no tinc cap pressa i a més, crec que estaré completament absort pel que m'explicaràs....VA COMENÇA!!...jajaja

– Doncs vinga, però m'has de prometre que en qualsevol moment, si soc pesat, si us plau, em facis parar i canvies de tema, d'acord?

– Veuràs Anthony, la meva vida fa bastants anys era perfecta, era completament feliç, tenia la vida solucionada econòmicament parlant i a sobre de tot, tenia al meu costat una dona meravellosa, sacrificada, comprensiva i que mes dir-te, a banda que érem feliços a rabiar.
Teníem un problema, que era que no teníem fills, però arriba un moment que després del temps, no els trobes a faltar i la dedicació mútua es fa més intensa a la parella.
Un estiu, veient que la meva feina funcionava perfectament i podria prescindir de la meva presència uns dies i pensant que sobretot a la meva dona li devia unes vacances, li vaig proposar fer una sortida de deu o quinze dies.
Quan li vaig proposar no li vaig dir el lloc que havia pensat, primer volia veure com reaccionava a la proposta del viatge, se li van obrir els ulls com dos plats, plorava d'alegria, era comprensible, però quan li vaig dir que havia pensat que el destí seria

París i després la Costa Blava, aleshores va ser apoteòsic....no l'havia vist mai amb tanta il·lusió, no parava de riure i cantar, va preguntar-me quan tenia pensat fer el viatge i li vaig dir, molt seriós, però de broma: Dilluns que ve, (tinguis en compte que era dimecres)...jajaja li va agafar de tot....pressa, nervis, emocions....

– Perdona que t'interrompi Frederick, quina era la teva feina?

Si perdona que no t'ho he dit, tenia uns laboratoris petits, però amb un equip de sis persones joves, meravellosos, amb ganes de descobrir e investigar... Haviem aconseguit varis èxits en malalties contagioses extenses, sobretot per Àfrica. Aquest petit laboratori era molt envejat per la competència, sobretot pels grans laboratoris que ens volien absorbir, a cada moment rebia una oferta o altre d'absorció, respectant als meus empleats i a mi mateix, però jo i el meu orgull enfortit per la meva dona, no vaig voler cedir mai a tantes ofertes i a més, d'acord amb els meus empleats, fixa't tu quin orgull, oi?

Per part de l'Estat, degut als avenços, ens havien concedit unes ajudes econòmiques que van ser molt importants pel futur que tenia.

Recordo que un any ens va visitar el Ministre de torn, de recerca e investigació, dic de torn, perquè amb els anys que tinc, he vist canviar bastant freqüentment de ministre... doncs com deia, vàrem tenir aquesta visita, l'Estat va fer altre aportació, nosaltres vam col·locar una placa al seu honor a l'entrada de les instal·lacions.

L'èxit va ser brutal, la competència van desfer-se amb felicitacions, la premsa, en fi, jo crec que estàvem en el nostre punt màxim, considerant que erem uns petits laboratoris.

– Realment un orgull Frederick, però perdona que t'interrompi

– Sí, ja no sé on era, es que m'has fet recordar aquells temps...
ah sí, el viatge...
– Anthony, jo hauria de marxar per recollir-me, que et sembla si continuem demà.

– Sí, és veritat, és bastant tard, ens veiem demà, adéu.

Vàrem marxar cadascú pel nostre camí.

Arribant a casa, la Mary marxava.

- Hola Senyor, bona nit, marxo però li he deixat un plat que crec que li agradarà...

– Ah si? Què és?

– Sorpresa Sr. Anthony, adéu fins demà.

De seguida volia veure la sorpresa culinària de la Mary,
... i hummmm, un petit rostit de carn amb carxofes i pèsols,
vaig pensar altre vegada la sort que tenia amb la Mary.

A l'endemà la Mary va trucar per telèfon per dir-me que vindria una mica més tard perquè volia anar d'hora al mercat per fer la compra.

– No pateixis Mary, em faré qualsevol cosa per esmorzar i marxaré, no, no vindré a dinar, val fins al vespre, adéu.

Volia comprar unes esportives i vaig dirigir-me al centre, caminant sense cap pressa. Des que vaig arribar de viatge i feia aquestes caminades per la ciutat, visitant tot el que feia tant de temps que no havia fet e inclús algun de nou que mai havia estat, em semblava cada vegada més maca Londres, fins i tot la gent la trobava més agradable, jo pensava que potser era jo que havia canviat i tot era d'un altre color per mi, sabor i tot més, sempre amb molta calma...en fi pensaments.
Vaig troba unes esportives a una botiga que em van agradar molt i vaig sortir amb elles posades, com un nen amb sabates noves jajaja.
Estava a prop de Harrods i recordava que hi havia un restaurant dels molts que tenia de diferents

ètnies, que ja hi havia menjat i doncs, cap al restaurant.

Abans de sortir de Harrods vaig fer una mica el xafarder mirant, però no volia res i això d'anar sol de compres és una mica molest per allò del consell. Havia prés el cafè i tot, per tant (crec que tenia ganes de veure al Frederick) tot buscant la sortida dels magatzems, me n'adono que estic anant en direcció al parc, estava una mica lluny, però va anar bé per pair el dinar.

Arribant com ahir vaig veure a Frederick que estava al banc, suposo que m'estava esperant, de tant en tant girava el cap per veure si jo arribava, jo vaig pensar que estava nerviós i tenia ganes que arribés, després de girar el cap per buscar-me el vaig cridar. De seguida va girar el cap i va fer aquella rialla tan especial que tenia.

– Fa molt que esperes?

– No, potser deu minuts o menys...no tinc rellotge.

Vaig seure al seu costat i li vaig tocar el braç li vaig dir
QUE, COM ESTÀS, tot bé? Jo el notava diferent, amb un aire més obert cap a mi...

– Doncs bé, més o menys com ahir, però la veritat, si em permets que t'ho digui, amb ganes de veure't i parlar. És que he de confessar-te que fa molt de temps que no parlo amb ningú de la manera que estic fent amb tu i honestament, em fa il·lusió.

– Frederick, si vols que et digui la veritat, jo també tinc la impressió que poden arribar lluny aquestes xarrades i pot ser més, vinga comença, però la veritat és que no recordo on vas acabar ahir....

– Si, crec recordar que vaig explicar-te una mica per sobre quin treball tenia i l'idea de fer un viatge amb la meva dona oi?

– Si, es veritat, la sorpresa a la teva dona.

– Doncs bé, va arribar el dia i jo volia arribar d'hora a Brighton per no trobar massa circulació al passar el Túnel de la Mànega, així que vam sortir de casa, d'Oxford, a les set del matí, després de fer una parada passat Londres, per prendre un cafè i fer un «pipi» vam arribar sobre les deu i mitja, vam dirigir-nos al lloc per passar el túnel i de seguida ens vàrem posar a la cua per passar el peatge, valia aproximadament 35€.

– Anthony, és pesat que t'expliqui tants detalls de tot? és la meva manera d'explicar les coses i ara que estic parlant amb tu em surt el surt el meu relat així.

– De cap manera Federick, m'encanta que siguis tan minuciós, així aquest relat me'l fas viure de ple i en viu...jajaja

– Continuo doncs, la distaàcia del túnel és d'aproximadament 40 quilòmetres i es triguen uns 30-35 minuts aproximadament. Vàrem anar bastant ràpid i en vint minuts vam enfilar el túnel. Era una obra magnífica, dos carrils per cotxes (anar i tornar), el mateix per camions i també circulava un tren que alternava mercaderies o el tren ràpid, fantàstic... els dos vam fer el recorregut amb la boca oberta, però la meva dona primer i jo després, ens feia molt de respecte pensar que circulàvem per sota del mar, crec que a un quilòmetre i mig de fondària, encara ara se'm posen els pèls de punta! jajajaja.

Quan estàvem a terra ferma, varem respirar fons, ens van mirar i ens vam posar a riure...sobre les dues del migdia arribàvem a Paris, després de passar per uns paisatges meravellosos, plens de flors, amb uns camps completament verds... França té molta sort que plou bastant i d'això se'n beneficien els seus camps i tota l'agricultura. La meva dona tant que li agraden les flors...
de seguida vàrem trobar l'hotel, era un Holiday INN., aquesta cadena té bons hotels i generalment molt actualitzats.
Ens vàrem instal·lar a l'habitació i de seguida vàrem sortir al carrer, a conèixer Paris.

Vam estar-hi dos dies i crec que vàrem recórrer tota la capital perquè el cansament que portava jo era descomunal, al contrari d'ella (no sé com aguantava), que si la Catedral, que si Notre Damme, Montmartre, Torre Eiffel...el riu...el Sena i passeig en barca inclòs i sopant a dins mateix, que sé jo Anthony, creu-me que no he caminat tant com en aquell viatge.

Va arribar el dia de sortir al vertader destí del viatge que era Mònaco. A les vuit del matí agafàvem el cotxe, la ruta que havia marcat era Lyon, Marsella i Mònaco. En total eren aproximadament uns 800 quilòmetres. Jo havia proposat fer-ho en dues etapes perquè sinó arribaríem fets una ruïna i no calia fer aquestes tirades tan llargues, dormiríem crec a Marsella i a l'endemà, després de fer una petita volta, agafaríem direcció cap a Mònaco. Ja li havia explicat tota la ruta a la meva dona, però ella confiava en mi i tot li estava bé. Així que cap allà, que Mònaco ens espera....jajaja

Just després de fer aquesta petita rialla, Frederick va canviar la seva expressió per una d'amargura total...

– Frederick, et trobes bé? Descansem una mica i canviem de tema?

Va mirar-me molt seriós i em va dir que marxava, que havia de retirar-se, automàticament va agafar la bossa i em va dir...

– fins demà, adéu.

Jo vaig quedar-me al banc una estona intentant trobar el motiu d'aquella reacció tan sorprenent. Quan vaig arribar a casa tenia ganes de beure qualsevol cosa, a la nevera hi havia cerveses i vi, agafo una cervesa i al sofà em trobaria còmode per pensar perquè, no em treia del cap al Frederick i la seva reacció i canvi de caràcter, que li passava..?

Realment si vaig enrere des de l'inici de la història que explica, en principi aquest home té cultura i sembla que bons fonaments, explica que té un nivell de vida, que està al cim de la seva professió, reconegut per molta gent, té muller...
no quadra, perquè sembla que estigui a la misèria, que no té un lloc on caure mort. I on és la seva dona? ell sempre està sol, home l'explicació a que sempre estigui sol és el mateix que jo, que estigui divorciat, però tot i així, segueixen sense quadrar tota aquesta sèrie de preguntes. Per altra banda, l'estat que aparenta el Frederick em fa molta pena, dona la impressió que no té res i sembla una persona honrada, d'aquelles persones que les ajudaries en el que necessitessin, clar que sempre fins un punt.

Potser que m'estigui tornant un sentimental des que he tornat del Tíbet, no ho sé, però estic completament ansiós de tornar-lo a veure i que em continuï explicant la seva vida, que pel que sembla o semblava fins ara, estava molt agust e il·lusionat.

A la nevera tenia embotit, preparat per la Mary que, amb una mica de pa anglés torradet i després un iogurt, perfecte, ja tenia sopar.

– Bon dia Sr. ja soc aquí....

Avui Mary arribava molt d'hora, però mirant el rellotge era jo qui anava tard... tard era un dir, perquè ningú m'espera. Encara al llit em va venir al cap el pensament de no «m'espera ningú», estava en un estat que no recordava per res del món les meves empreses, si tenien problemes o no, dels bancs, de les novetats que hi havia al mercat per innovar-les, res de res, millor que no em necessitin. Bona senyal. Després de la dutxa, Mary havia preparat l'esmorzar.

– bon dia Senyor, ha dormit bé avui? li agrada el que li he preparat?

– És molt amable com sempre, gràcies. No tenia ganes de dinar enlloc, per tant, li vaig dir a la Mary que dinaria a casa.

– Molt bé, li prepararé una cosa que li agradarà molt.

Feia un dia fred com si volgués ploure, volia comprar un diari o alguna revista per passar una estona fins l'hora de dinar, al final vaig comprar el diari, tenia una mica de fred, així que a casa estaria tranquil llegint i la Mary em prepararia el dinar.

A mitja tarda volia trobar-me altre vegada amb el Frederick, així que al cap de mitja hora estava sentat al «meu» banc, ell no havia arribat. Després d'una hora de esperar-me, ja volia marxar a fer una mica de volta i així va ser. Portava una estona caminant tranquil·lament quan a uns cent metres estava en Frederick sentat a un banc amb la bossa a un costat i el cap entre les mans i els colzes sobre las cames, com si no volgués que el veiés ningú.

No em vaig atrevir a saludar-lo, vaig fer mitja volta i caminant en direcció a casa meva, però com era natural pensant en aquesta reacció, semblava com si no volgués que ens veiéssim. Realment passava aquesta cosa, cada vegada estava més intrigat en la vida d'aquest home, ara per què no vol que ens veiem....?, no entenc res. La única explicació és que tingui alguna cosa o fet que no vol que se sapiguem.

Quan vaig arribar a casa tenia ganes de distreure'm i crec que era el moment de veure una pel·lícula o una serie, però estava assegut al sofà i el meu cap no parava, sobre tot el que va explicar-me de la seva feina, del laboratori, dels èxits, dels empleats i si tot era una fantasia o una trama per aconseguir que sé jo. En aquell moment em va venir una idea al cap, ajudar-me del meu amic «Google» i intentar localitzar aquests laboratoris.

Estava situat a Oxford, era petit però molt premiat i amb aquestes dades vaig començar la recerca, no vaig trigar més de deu minuts....LABORATORIS FL., inaugurats feia deu anys, amb una trajectòria impecable, varis premis per la seva aportació a la ciència, premiat inclòs pel Govern i absorbit per una multinacional de laboratoris feia aproximadament tres anys. Figurava que el titular es deia FREDERIC LOIS, i la foto era ell.

Va ser absorbit per un valor simbòlic amb el compromís d'absorbir també a tota la plantilla. El motiu no està molt clar, però dóna entendre la desaparició del Sr. F Lois.

Era casi la una de la matinada quan em vaig ficar al llit, va costar-me molt adormir-me perquè tenia el cap calent d'aquesta consulta a Google. Era veritat tot el que m'havia explicat en Frederick.

Després de la dutxa, la Mary com sempre tenia l'esmorzar a punt,

– Bon dia Mary, què tal? Tot bé? Què has preparat avui...hummmm, que bo!

– Sr. com sempre li deixo una mica de dinar per si vol dinar a casa, pel que fa al sopar, té vàries coses de capritx per fer-se.

– ets molt amable, gràcies per totes las atencions, perfecte Mary fins demà.

Volia sortir de casa per fer una volta i distreure'm, perquè tenia al cap al Frederick, estava quasi obsessionat amb ell. Al sortir de casa, vaig fer un gir de 180 graus per caminar en sentit contrari a la direcció del parc. Després de caminar quasi mitja hora, veure alguna botiga, prendre un cafè, la inquietud ja era massa i vaig girar en direcció al parc. No tenia la certesa que hi fos assegut al banc de sempre o en un altre per no topar-se amb mi, vaig enfilar com l'altre dia i si el trobava a un altre lloc, vull dir a un altre banc, era igual, el saludaria i esperaria a veure com reaccionava.

A l'alçada d'ahir no hi era, doncs vaig continuar caminant fins el banc de sempre, però tampoc hi era, estava aturat davant del banc i dret pensant que feia, si marxava o m'asseia, al final vaig seure i relaxar-me perquè no havia de tenir aquesta inquietud, a la fi cadascun té la seva vida i l'administra com vol, estava distret mirant la gent i al girar el cap veig al Frederick sentat al meu costat mirant-me fixament, jo no m'havia adonat que seia al meu costat.

– Hola Anthony, va saludar-me

– Frederick, no t'he sentit seure, què tal? Estàs be? Molt seriós et veig, ha passat alguna cosa?
No sabia que dir perquè la seva expressió era de disgust total...

– Anthony, veuràs no vull continuar explicant la meva vida, estava molt a gust amb tu, però ara ja no pot ser, he vingut per dir-te adéu i agrair-te la paciència que has tingut amb mi.

– Frederick, que ha passat?, a què es deu aquest canvi tan brutal? perquè fins ara et veia molt a gust explicant detalls de la teva feina o de la teva dona, tu mateix un dels dies vas dir-me que estaves molt content de parlar amb mi, perquè feia molt de temps que no parlaves amb ningú de la manera que parlaves amb mi...Frederick si us plau, explica'm que passa, canvia aquesta cara i pensa que parlar serveix, depèn de com, per allibera l'ànima i descàrregar el sentiment.

– estimat Anthony, és que no vull, ni puc, no tinc ni ànims. No em forcis, t'ho demano si us plau.

Amb parlava amb una expressió que havia canviat la frivolitat per la tristor, semblava com si estigués a punt de petar i plorar desconsoladament. Frederick, tinc una idea, per l'hora que és et convido a menjar un hot dog i una cervesa en

73

aquell carret d'allà davant, acceptes.... va fes-me feliç!!, després continuem aquesta «charla».

– Anthony...va anem!

Va acceptar i vam anar caminant tranquil·lament en direcció al carret, jo pensava que havia de fer que continués explicant tota la seva història, perquè estava segur que sortiria ves a saber que d'aquestes trobades al parc.

El senyor del carret ens va donar amb una bossa las cerveses i els dos hot dog i vaig veure que hi havien unes petites taules que crec que eren del mateix senyor i li vaig preguntar si podiem seure, vàrem seure a la petita taula i vam començar a menjar i beure, aquella tauleta tan petita era suficient per menjar l'entrepà, però la part bona que tenien era que al ser petites, estàvem molt junts i donava la sensació d'intimitat.

Va ser el mateix Frederick que va treure el tema.

– D'acord Anthony, és que és molt dur per mi continuar explicant, perquè em porta uns records molt forts.

– Frederick, si us plau, tu pel que veig ets un home intel·ligent i saps que tinc raó quan dic que parlar serveix per alliberar-se, així que si us plau, continua, vols que anem al nostre banc o estàs bé aquí en aquesta petita tauleta?

Em va mirar amb aquella mirada tan especial i va començar...

– Si no recordo malament, vaig quedar quan sortiem de Paris en direcció a Lyon, per fer nit i després passant per Marsella arribaríem a Mònaco. Quan vam arribar a Lyon era tard i ella estava una mica cansada de tant de cotxe, vam decidir anar a l'hotel i descansar per sortir demà fresquets. A la fi, Lyon era una ciutat molt industrial i no tenia res d'especial, crec que hi havia la fàbrica de cotxes Renault i no sé que més. L'hotel estava al costat de l'ajuntament, que per cert, era un edifici enorme, de l'estil Lluís XV.

A l'endemà, vam sortir d'hora en direcció a Marsella i vorejant la costa blava fins arribar a Mònaco. Vàrem arribar al migdia a Marsella i vam decidir fer una petita volta per conèixer-la. Aparquem al centre, estant al punt ideal per conèixer una mica la ciutat e inclús dinar. I així vam fer, vàrem trobar un restaurant i vam entrar a dinar. Estàvem a la sobretaula i deia de fer nit a Marsella i després ja definitivament a Mònaco. El mateix del restaurant ens va recomanar un hotel a prop, perfecte, estava molt bé i van fer la reserva. Ens vàrem instal·lar, al restaurant de l'hotel vam picar alguna cosa de menjar, doncs no tenim massa gana, aleshores abans d'anar a l'habitació per posar-nos roba més còmode i vam sortir a fer una volta i veure una mica el centre.

En aquell precís moment, en Frederick es va posar tens i es va posar a plorar desconsoladament, en silenci, però impressionava la seva tristor...

— Frederick que passa?

— Anthony........(va fer un llarg silenci), **allà van matar a la meva dona...!!!**

Ell no parava de plorar i jo tenia la boca seca, vaig emocionar-me molt, tant que pensava que jo també em posaria a plorar.

— Frederick, si us plau, calma't, ja està passat, ja no pots fer res, calma' t... vols un got d'aigua?

— Me'n vull anar.

Va aixecar-se i ràpidament va desaparèixer camí avall. Jo no sabia que fer, estava assegut a la cadira d'aquella petita taula i no reaccionava, la confessió va ser tan impactant i l'explosió d'en Frederick plorant d'aquella manera, va deixar-me com catatònic... quasi sense respiració. Després d'una estona i després d'assimilar tot el que havia passat, tenia una gran tristor, a més a més, anava caminant i semblava com si hagués mort algú meu... de la meva família. Ara només volia arribar a casa i refrescar-me de tot el que havia viscut amb el Frederick, pobre, està destrossat.

Era molt tard, així que només volia un petit sandvitx i una cervesa i veure qualsevol cosa la la televisió.
Quan vaig aixecar-me al matí semblava com si hagués mort algú proper a mi. Continuava amb una tristor que fins i tot la mateixa Mary va dir-me:

– Que té Sr. Anthony, es troba bé?

– Si gràcies, em trobo bé, el que passa és que ahir vaig saber una notícia molt desagradable, la mort de l'esposa d'un amic meu i tinc la moral baixa, molt impressionat.

Parlant amb la Mary, vaig adonar-me que al Frederick li deia **amic meu**..... una persona que havia conegut al parc sense saber qui és, sense sostre.... però aquest home havia entrat amb molta força dins meu i no sabia perquè o potser sí.... aquella mirada que tenia tan especial i aquell somriure eren dos components de la seva personalitat que havien despertat en mi el sentit d'amistat, cosa que jo, en el món que vivia, fins ara era impossible de conèixer, doncs per mi tothom eren competidors o gent que comercialment volia fer-me mal...

Tenia ganes de prendre l'aire i caminant vaig arribar gairebé al Palau de Buckingham. Era tard i tenia una mica de gana, anava caminant de tornada i allà hi havia un altre carret com el que tenia jo al «meu Parc»... el Hyde Park.

Li vaig demanar una hamburguesa amb ceba i sal, mostassa i una cervesa. Tenia a prop taules estil pícnic i vaig seure a menjar tranquil·lament el meu «dinar».

No sé si sabeu que aquí, a tot el passeig fins arribar al Palau de Buckingham, només passen els carruatges per arribar amb la Reina a Palau, està ple d'arbres, flors, parterres, tot evidentment super ben cuidat, doncs el que volia dir era que també hi havien molts esquirols, que durant el temps han perdut la por a les persones i tota classe de vergonya, aleshores és molt normal que pugin a la taula on estàs, per menjar el que puguin...jajaja, aquest fet quasi infantil em va distreure per un moment tot el que estava vivint.

Començo a caminar en direcció a casa o un altre lloc amb botigues de capricis, a més, feia un dia molt maco, amb un sol radiant, però poc a poc, arribava al Parc i era impossible per mi no passar per veure si en Frederick estava esperant.

Doncs efectivament, si estava assegut on sempre, crec que estava tranquil, al menys fins ara, veuriem quan arribés jo què passava.

– Frederick... hola, com estàs?

– Anthony, que tal? Menys mal que has vingut, tenia moltes ganes de veure't.

– Jo també Frederick, et trobes bé? estàs més tranquil? ahir em vaig quedar molt preocupat per tu.

– Gràcies Anthony, sí, estic bé i et vull demanar perdó per tot el que va passar ahir, però es que no podia controlar-me.

– Frederick, un dia et vaig dir que parlar va molt bé i t'he de dir que plorar és la màxima alliberació.

– Sí, tenies raó i segueixes tenint raó ara. Però el que va passar va ser tant fort i amb tanta impotència....eren quatre homes joves, però que amb la cara ja vam veure que aquella situació era molt complicada, tres d'ells van començar a pegar-me sense dir paraula, van tirar-me a terra i no sé quantes puntades, vaig veure un altre que agafava a la meva dona pel coll com si la volgués ofegar, la meva dona va defensar-se com podia, li va clavar les ungles a la cara, però allò va ser el detonant, perquè li va clavar una navalla al coll, però amb tanta mala sort que li va tallar l'Aorta...jo estava mirant tot, però sense poder fer res, tenia un peu a sobre del meu cap, van treure'm tot el que portava a sobre... diners, documentació, targetes, fins i tot les claus del cotxe... tot... absolutament tot i a la meva dona, que només portava la bossa, que també li van agafar.

Quan van marxar, jo vaig acostar-me a la meva dona, però ja no podia fer res, estava morta.... dessagnada.
I tot això a quasi 50 metres de l'Hotel.... algú va cridar a la policia, quan van arribar, enseguida van trucar a una ambulància....ens van portar al hospital, però pobreta meva per ella no podien fer res, jo tenia dues costelles trencades i una altre que pressionava un pulmó, i la cara la tenia desfigurada de tants cops i patacades. La mateixa policia es va sorprendre de tanta violència i escarni que varen fer servir amb nosaltres.

A l'hospital vaig estar ingressat gairebé tres mesos, per cert que menys mal que a l'hotel tenien els nostres carnets d'identitat i la policia ens va poder identificar. La mateixa policia va fer les gestions per repatriar el cadàver de la meva dona que, després, van dir-me que el mateix consistori d'Oxford li va donar sepultura. A mi quan van donar-me l'alta, també van repatriar-me a Oxford, perquè jo, apart del carnet d'identitat, no tenia res mes, estava completament nu.

Quan vaig arribar a casa em volia morir, tot eren records i l'àura de la meva dona no la podia suportar, no volia saber res de res, ni del Laboratori i de res del que tenia fins ara i em recordés a ella i la nostre vida junts. Pensar que vaig ser jo qui va organitzar aquell maleït viatge...

Un dia vaig sortir de casa i vaig començar a caminar sense rumb i ja no vaig tornar mai més a Oxford, ni hi tornaré mai mes.
He de fer-te una confessió, que més d'una vegada m'he volgut suïcidar, però m'ha faltat valor per fer-ho. I fins avui... aquesta ha estat la meva vida aquests últims anys. Ningú sap de mi, la policia francesa mai m'ha informat de res... com si estigués mort... i la veritat és què així em sembla. Però també he de dir que des que et conec, tu estàs fent que agafi una mica d'esperança per viure, per això t'agraeixo tant que estiguis per mi i tinguis la paciència d'escoltar totes las meves desgràcies.

– Gràcies Anthony de tot cor...

i va agafar-me les mans i va fer-me un petó.....

– Frederick, si us plau, no he tingut cap mena de paciència amb tu i no m'has d'agrair res, jo he escoltat tot el que has volgut explicar-me amb l'interès que mereixes i perquè des del principi de conèixer-nos, t'he agafat simpatia, respecte i, deixa'm dir-te, apreci. Per tant, estic molt satisfet i molt orgullós que hagis dipositat en mi tota aquesta confiança.

– Al contrari, gràcies a tu Frederick.

Ell va mirar-me amb aquella mirada i va somriure, vaig adonar-me que tenia els ulls plorosos.

Era ja molt tard, sobre les sis vaig veure el rellotge de la torre i se'm va passar un pensament pel cap.

– Frederick, puc fer-te una pregunta una mica indiscreta? Que portes en aquesta bossa tan voluminosa? que sempre he pensat que quasi no pots amb ella?

– Doncs veuràs, no... no em molesta que em preguntis, porto de tot i res que valgui la pena, roba, el raspall de dents, una pastilla de sabó i poca cosa més.

– I un altre pregunta, que aquesta si que em ée intrigat... on dorms?

– Sí, veuràs, està prop del parc, a mitja hora caminant hi ha una ONG, administrada pel consistori de Londres, allà hi ha com un casal pels sense sostre, et donen de menjar i un llit per passar la nit. He de dir que per ser destinat en aquest tipus de personal, tots intentem mantenir-nos en perfectes condicions, un vigila que l'altre sigui així. Apart que, pròpiament l'ONG es cuida de la neteja i la desinfecció del casal. Però per que em preguntes tot això Anthony, per curiositat? per veure com sobrevivim els sense sostre? jo li dec haver conegut aquest lloc a una persona molt agradable que pobret, és mort, era bastant gran i a més tenia una depressió de cavall, per això quan van dir-me que havia mort no em va sorprendre.

– Doncs mira Frederick, tot aquestes preguntes te les faig pel següent: Vull que vinguis a casa meva uns dies... que et sembla? Acceptes?

– En Frederick va obrir uns ulls com una granota.... desprès va quedar-se mut, desprès va mirar-me amb la seva mirada tan espectacular per mi i per fi va dir:

– Gràcies Anthony, però no puc acceptar, em fas molt feliç, però no vull. No vull que es trenqui aquesta amistat que està neixent i que està fent-me molt feliç.

– Frederick mira, insisteixo i no vull una negativa, vindràs una o dos nits i si no vols continuar, et prometo que no m'enfadaré ni insistiré més, si us plau... mira, ara son les sis, és el moment oportú per començar a caminar, vaig posar-me dret, esperant la reacció de Frederick.

– Em promets que si vull marxar no t'enfadaràs.

– T'ho prometo.....vinga anem!!

Semblava com si jo hagués guanyat una batalla, estava jo més content que ell, quan considero que ell és qui tindria que estar content, però és igual, en aquell moment jo era feliç.

Quan vam arribar a casa, tothom ens mirava, sort que casa meva és independent de veïns i des del carrer entro directament a casa. I així va ser.
– Passa Frederick, mira aquí, en aquesta habitació hi ha les màquines de neteja, assecadora, planxa..etc
Aquí tens la teva habitació, té bany a la mateixa habitació...passa si us plau...t'agrada Frederick?

– I tant que m'agrada Anthony...i tant

– Frederick acomodat, si et vols dutxar, jo et porto una mica de roba meva perquè em sembla que tenim la mateixa talla....val jo estic una mica més ple, mira et porto un pijama, sabatilles, per demà uns texans, unes samarretes, un jersei i unes esportives...te les proves per veure si no et fan mal, d'acord?. Doncs val, arregla't i vine pel passadís que jo seré a la cuina per preparar alguna cosa per sopar, fins ara. Ah, després si vols portar la roba bruta que demà la Mary arreglarà tot.

Després de quasi mitja hora va aparéixer a la cuina i vaig quedar bocabadat...

– Frederick sembles un altre!!!... ell estava mirant, observant quina cara feia jo i va somriure molt.

– Anthony tu no saps el que això significa per mi.

– Vinga, no ens posem sentimentals, què vols sopar, tens gana?
Jo em faré un sandvitx, una cervesa i després una infusió per relaxar-me i anar a dormir, i a tu què et faig?

– El mateix que tu. Gràcies.

Mentre menjàvem li vaig ensenyar la resta de la casa i després de prendre la infusió vam anar a dormir.

– Frederick, quan et despertis i t'arreglis, vine a la cuina que jo estaré esmorzant, i parlarem molt d'acord, mentre tu fas el mateix?

– d'acord Anthony, fins demà, bona nit.

– bona nit Frederick.

Just quan va arribar la Mary, jo anava a la cuina, bon dia Mary què tal?

– Bon dia Sr., sí gràcies tot molt bé, enseguida li faig l'esmorzar, segui què li faig el suc de taronja.

Mary estava fent-me el suc quan va arribar el Frederick a la cuina, anava amb pijama, però estava rentat i pentinat, feia una cara, diria jo, entre felicitat i agraïment.

– Bon dia Anthony.

De cop i volta la Mary es va girar amb cara de sorpresa i vermella com un tomàquet i va cridar

– SENYOR...!!!......QUE PASSA??

No vaig poder més què posar-me a riure i li vaig dir.....tranquil·la Mary, no t'espantis, et presento a en Frederick, un amic....

– Senyor, estic espantada de veure una altra persona a casa...bé...molt de gust sr. Frederick.

Frederick amb una rialla de complicitat amb mi li va respondre

– bon dia sra. Mary.

– Frederick seu a taula si us plau, Mary li fas també un suc per ell i també el que fagis per mi de menjar, t'està bé Frederick?

– sí...moltes gràcies.

– D'acord Senyor, ara mateix els hi faig per tots dos.

Desprès d'esmorzar (per cert, en Frederick no va deixar ni gota del que va preparar la Mary) Frederick, anem al meu despatxet i parlarem una estona, d'acord?

Vàrem seure i en Frederick només feia que mirar quadres, diplomes meus, figures, etc.

– t'agraden Frederick?

– Si...però clar, penso que tots aquests dies que hem parlat tant, sempre ha estat només de mi, però mai de tu, apart de quan vas parlar del teus pares i va ser molt fugaç...

– Tens tota la raó del món i ara mateix solucionem aquesta observació què has fet.

– Veuràs, tinc 54 a punt de fer 55 anys, per cert, tu quants tens? sé que ho has dit, però no ho recordo.

– 63, sí tinc 63 anys.

– Doncs veuràs Frederick, recordaràs quan t'explicava el record que tenia dels meus pares i que la meva mare sempre em defensava del meu pare i deia que jo era molt viu i serviria pels negocis, doncs si senyor, no sé si va ser degut ha tant repetir aquesta afirmació o realment serveixo, el cas és que tinc varies petites empreses, alguna propietat immobiliària i la meva economia no va malament. Però diuen que l'èxit mai és complert i realment així és. Jo estava casat amb una dona fantàstica, ens portàvem divinament, no vam tenir cap fill, possiblement perque jo no estava per la feina. El cas es que tanta dedicació que requerien les meves empreses, que això tenia un preu, la convivència amb la parella. Ella no va poder més i ens vàrem divorciar, sí, tot a bones, però amb un disgust per part meva estrepitós, per mi va ser un cop baix, però per d'altra banda, era comprensible.

Va anar a viure a una casa que teniem encara a mitges als afores de Londres i a més li passo una pensió fins que trobi parella. Desprès del divorci jo vaig fer visites al psicòleg, perquè estava destrossat, no tirava endavant i estava repercutint en tot el que havia aconseguit fins ara.

Un dia, vaig pensar en un amic que vaig conèixer en un casament d'uns amics, tenia una agència de viatges, no recordava el seu nom, però recordava que tenia una targeta seva. Vaig fer-li el comentari al psicòleg, que tenia la idea de fer un viatge i va donar-me la benedicció.

Jo tenia un amic que tenia un negoci d'agència de viatges, es diu Paul. Després de quinze dies ja tenia tot arreglat i va trucar-me en Paul què passes per la botiga que ja tenia tot preparat.

Va encertar de ple el que jo volia i després de deu dies ja tenia tots els permisos llestos per entrar i sortir.

– Frederick, t'estic avorrint oi?.... tens una cara com si t'estiguéssis adormint...jajaja

– Si us plau Anthony, no diguis això, estic absolutament atent al que m'expliques i em tens entusiasmat.

– Vols prendre un cafè o altre cosa?

– Una mica d'aigua si us plau.

– Mary, si us plau, pots portar una ampolla d'aigua i dos gots?, gràcies.

– Sí Sr. Anthony, ara mateix.

– Va ser un viatge fantàstic, Rússia, Xina, Tibet i per últim Corea del Nord, que en realitat, la podria haver saltat.

– Frederick, el resultat d'aquest viatge és que estic nou, tant de bo que, apart de la Mary, ningú se n'adoni que he tornat, però no per amagar-me, sinó perquè no tinc cap interès en el que vaig deixar quan vaig marxar de viatge. El punt clau d'aquest viatge va ser visitar el Tibet i el món del Budisme. És un altre món, cultura, creença espiritual i cultiu de l'ànima....no sé com explicar-me Frederick, però he tornat que jo mateix no em reconec en segons quines coses.

– Frederick, et vull fer una pregunta molt important per mi, tu creus en l'existència de l'ànima? Que te vida pròpia durant la vida i fins i tot després de la mort?

– Anthony, absoluta i categòricament SÍ...!, hi crec de tot cor, tant és així que moltes vegades sento al costat meu (perdona si és una tonteria per tu), sento la meva dona....

– Frederick, aquí volia arribar, no obris tant els ulls, que després d'explicar-te el que et vull dir, ja els obriràs. Tu no t'has preguntat mai perquè m'he acostat a tu? No oi?

Veuràs, fa molt de temps, un dia, molt abans de marxar de viatge, et vaig veure sentat al banc que sempre seus i em vas cridar l'atenció, però res més. Quan ja havia tornat de la meva primera sortida, va ser acostar-me al parc per veure si et veia i no va ser així.

Al cap d'uns dies, vas aparèixer fent el de sempre, posant la bossa al banc i asseient-te per descansar, a vegades posant el cap entre las mans, reposant a las cames, a vegades mirant la gent i el teu entorn. Després de dos o tres dies, vaig decidir a parlar amb tu i fins ara. Mira Frederick, tenia ganes de dir-t'ho, però esperava el moment mes oportú i aquest moment ha arribat, jo estic «impulsat» per l'anima de la teva dona, la teva dona ha fet que jo em fixés en tu, la teva dona ha fet que parlés amb tu, la teva dona ha fet que tu parlessis amb mi i et sinceris de la manera que ho has fet i per últim, la teva dona ha fet que tu avui estiguis aquí a casa meva.

Es va produir un silenci enorme, llarguíssim, tant és així que fins i tot la Mary va treure el cap per la porta i al veure què no passava res va preguntar — volen prendre cafè els Srs.?

– No gràcies Mary, estem bé.

– Anthony, no sé què dir, em deixes molt sorprès, des què et conec no pares de sorprendre'm.

— Mira Frederick, des del primer dia tinc un interès en tu que la única explicació que hi trobo és la influència de la teva dona.

— Vull dir-te i si us plau, no t'enfadis amb mi, que et vaig cercar al Google i ràpidament et vaig trobar...
Laboratoris F.L. propietari Frederick Lois, actualment desaparegut..... has d'entendre que volia saber si el meu instint no m'enganyava......si us plau Frederick...si us plau, no t'enfadis amb mi, t'ho torno a repetir.

— Anthony, tranquil, no m'enfado, és comprensible la teva curiositat per conèixer aquesta persona que portes uns dies parlant amb ella i a més estàs induint amb un cert interès per la meva persona, no pateixis Anthony, a més, soc una persona molt tolerant.

— Frederick, si et sembla canviem de tema, li vull dir a la Mary què agafi la teva roba i la posi a la rentadora val?

— Tu manes Anthony, jo estic l'invitat.

— Mary si us plau, pots venir?

— Si Senyor – va dir.

— Si us plau, pots agafar tota la roba del Frederick i la pots posar a la rentadora?

— Per suposat, en deu minuts estic amb ella.

— Vols revisar tu primer tot, no sigui que la Mary toqui o agafi el que no hagi de tocar? Mary quan vulguis avisa al Frederick per que ell repassi, d'acord?

— Així ho faré.

D'acord doncs, ara que estem intentant agafar el ritme, tu Frederick des d'aquell succés no has tingut cap noticia per part de las autoritats Franceses, ni tampoc de la Policia?

— No, cap notícia, com si no hagués passat res.

— Mira, tinc un pla que si em dones permís per iniciar-lo, començo ara mateix.
— Anthony, soc a les teves mans, en tots el sentits de la paraula i t'estic enormement agraït del recolzament què estàs fem per la meva persona, sempre seré un gran admirador teu i et repeteixo, per la meva part, tens carta blanca per fer el que creguis més oportú.

— Molt bé, agafa un paper i escriu el nom de la teva dona EPD i el teu, jo mentre tant li escric un correu al meu advocat perquè faci totes les gestions possibles, per veure que va passar després del vostre incident, però arribant al final de tot, inclús si ha de denunciar al Departament de Seguretat Francès, a banda de demanar una indemnització milionària, tens els noms? Gràcies.

Segons pas, demà en cotxe anirem a Oxford...

En Frederick va obrir uns ulls que li sortien de la cara...

– Si Frederick, era una de les sorpreses què et volia fer, perquè considero que li deus una visita a la teva dona i jo pròpiament sento què també, d'acord?

– Mary?

– Sí Sr. ara vaig.

– Frederick, vols anar si us plau amb la Mary?

Mentre tant, vaig llegir la resposta del meu advocat, què després de llegir tot el que li havia explicat de l'incident i el silenci per part de les autoritats, es posava immediatament en marxa.

Em donaria novetats per correu tan bon punt es produeixi alguna.

Quan van tornar tots dos de la rentadora, vaig dir-li a la Mary que si us plau, mirés al meu armari una camisa i un altre jersei una mica mes gruixut per en

Frederick, dons ara sortiríem al carrer a donar un vol i possiblement dinaríem pel camí.

– Així no preparo dinar oi? Però potser alguna cosa per sopar?

Si si us plau Mary, gràcies.

Frederick, ens arreglem i sortim al carrer? Vinga doncs.

– Anthony no sé com dir-te...

– Frederick, no pateixis, tot això ja m'ha tornaràs en un futur, no és cap caritat eh??...jajaja

Vàrem caminar per uns carrers que no havia anat feia molt de temps, en Frederick semblava com si fos un turista, es mirava tot, gent «normal», botigues, edificis, cotxes, bus, inclús vàrem agafar el metro a Piccadilly...

– Estàs bé Frederick? Quanta gent oi? Estàs marejat o ho portes bé tot aquest moviment de gent que sempre corre?

– Realment Anthony, per què corren tant?, per la feina? perquè arriben tard?, no és més fàcil aixecar-se més d'hora i no córrer tant?

– Jajaja tens tota la raó Frederick, tota la raó.

Vàrem dinar en un restaurant al costat del riu Tàmesi, a prop de la Nòria, realment no feia fred, tampoc feia sol, però en definitiva s'estava molt bé.

Acabat de dinar, li vaig preguntar si volia pujar a la Nòria, però que considerés que eren gairebé dues hores llargues, vam decidir anar caminant cap a casa, perquè havíem de preparar el viatge de demà a Oxford i explicar-li els meus plans.

Mary, va preparar uns entrepans i vàrem agafar unes cerveses, vam seure a la taula i vam començar a parlar de les idees què jo tenia.

– Frederick, t'explico el que vull que fem demà, per veure que opines i si tens alguna cosa a dir. Mira, demà arribem a Oxford, el primer de tot és localitzar el lloc on descansa la teva dona, d'acord?

– d'acord Anthony, però potser hauríem d'anar primer a l'Ajuntament per què enns diguin on està ella, perquè pensa que hi ha tres cementiris a Oxford.

– Perfecte Frederick, doncs així ho farem.

– Quan tinguem solucionat això, que crec que per tu i també per mi és el més important, i com a preferència d'aquest viatge, passarem al segon punt i crec que haurem de fer nit a Oxford, però no ens avancem massa en el temps.

– Perquè creus què haurem de fer nit a Oxford, Anthony?

– Si, t'explico, vull que fem una visita al consistori i una altra al departament de la propietat d'Oxford, perquè? Doncs perquè volem saber que ha passat amb la teva casa i sobretot amb el teu laboratori, tant els terrenys o pròpiament els laboratoris, quins laboratoris han fet l'absorció, qui va autoritzar aquesta i que ha passat amb las patents dels diferents descobriments, dels empleats....en fi tot el que ara no sabem.

– Anthony, però de veritat creus que val la pena que fagis tota aquesta feina que vols fer per mi?? Ja em conformo amb el meu destí, de veritat et dic que no cal. Si em deixes ser el teu amic i de tant en tant, tenir una xarrada, ja estic content.

– Mira Federick, t'ho dic molt seriosament, no vull que tornis a parlar mai més en aquests termes, està clar? Pel que fa a la feina, ja et vaig dir ahir els motius pels quals vull fer-la, he agafat un compromís amb tu (jo sol) i a més, sento què «algú em pressiona», per tant, final del tema.

– D'acord Anthony, no tornaré a repetir-ho, tu manes i en el meu interior, estic molt content d'haver-te trobat al meu camí.

– Així m'agrada!!, si us plau, agafa un paper i escriu el nom de la teva senyora, nom i primer cognom, gràcies. Entretant, abans d'anar a dormir, vull trucar a un amic què tinc a Oxford, per dir-li si ens podem veure demà per dinar tots plegats, si ja sé que és tard, però ell va tard a dormir.

– Ei, bona nit, com estàs? , fa temps què ni parlem ni ens veiem..... si molt bé, però tinc moltes coses què explicar-te, demà dinem junts aquí a Oxford... si, vinc amb un amic per fer unes gestions... ok, fins demà, et trucaré per l'hora, bona nit.

– Aquest és l'Andrew, tinc moltes ganes del veure'l i aprofitant que anem a Oxford, el saludaré. Frederick, l'Andrew és periodista destacat i molt conegut, escriu pel The Daily Telegraph. La veritat és que no sé sap mai si pot servir-te d'ajuda en un moment concret, no creus?
Vinga, què et sembla si anem a descansar? Demà ens espera molta activitat...jajaja

– Anthony, em tens sempre en un estat d'activitat continuu. Sembla com si et conegués d'abans. Mira, aquí tens el nom de la meva dona.....Devora Culligam.

– Ok, perfecte, agafo el paper, però això que dius de que em coneixies abans?

– Sí Anthony, temps passat....afortunadament estem ara junts i jo estic feliç de tenir-te amb mi.

– Culligam de primer cognom?

– Si, perquè?

– No...res...va anem a dormir.

– Bon dia, carai Frederick avui has matinat no? Què no has pogut dormir bé?

– Doncs no Anthony, només de pensar que anem a Oxford em posa en un estat de nervis...i si vas tu sol?...jo la veritat es que no sé si et seré de molta ajuda, tota l'angoixa que tinc ara, a Oxford es multiplicarà per deu.

La Mary se'l mirava realment amb cara de pena i al mateix temps de carinyo....va Sr. Frederick, pensi que te al seu costat al Sr. Anthony i que li he de dir d'ell?

– Estigui tranquil que porta bona companya.

La Mary va mirar-me amb una expressió molt dolça...

– Senyors, els hi poso l'esmorzar?

– Si, si us plau, gràcies.

Després d'esmorzar vàrem sortir a tota marxa. En poc més de mitja hora arribàvem a Oxford, veia al Frederick de reüll què estava seriòs i crec que amb una suor freda.... Estàvem arribant, i aniriem directament a l'Ajuntament per localitzar el cementiri on estava enterrada la Devora.

A l'Ajuntament, després de demanar a informació pel departament que ens pogués indicar on estava el cementiri, la persona què va atendre al Frederick, va canviar de seguida el semblant de la seva cara, d'afable a completament seriosa, tan es així, què jo li vaig preguntar què passava.

– No senyor, no passa res, es que per l'any que és trigaré una estona, que tenen pressa?

– cap – li va respondre en Frederick, què també estava molt seriós i blanc, el moment què estava passant era superior al que ell podia suportar.

Després de trenta minuts, va venir el senyor amb un paper a la mà, aquí tenen la direcció del cementiri, i el carrer on és la tomba de la Sra. Devora Culligam.

En Frederick, va mirar-me i li va preguntar que com era que estava en una tomba i no a un nínxol, considerant que el cost era molt superior l'un de l'altre.

– Qui va decidir això no sé dir-li, haurien de preguntar al departament d'Hisenda per saber-ho. Si volen li dono la direcció del departament.

– Doncs sí si us plau, gràcies.

Vàrem sortir de l'Ajuntament, sorpresos d'aquest fet....
Quan vam arribar al cementiri, vam veure una botiga de flors (sempre hi ha una al costat dels cementiris), en Frederick em va mirar i varem comprar un ram de flors molt maco.
A informació ens van indicar el camí, a mida què arribàvem, en Frederick cada vegada estava més tens, fins que al final la vàrem trobar. Quasi va caure a terra desmaiat i plorava desconsoladament. Jo tenia un nus a la gola què no passava ni amb una mica de saliva...va ser un drama, de seguida vaig desviar la tensió.

– Doncs està molt be la tomba no?

Però res... en Frederick no feia cas, estava de genolls, al costat, mirant fixament la creu que algú va posar. Al cap d'una bona estona, en Frederick semblava que estava més tranquil, va posar el ram de flors a sobre de la tomba i va aixecar-se amb la mirada baixa i va dir-me:

– marxem?

– Com vulguis, no tenim pressa Frederick, fem el què tu diguis.

– dons sí marxem a més tinc molt set i vull prendre un got d'aigua o el que sigui, vàrem passar per les oficines del cementiri i hi havia una màquina automàtica d'aigua...vols una ampolla?

– Si si us plau, gràcies.

Mentre sortia l'ampolla de la màquina, veia com ens mirava insistentment una empleada del cementiri de mitjana edat, no vaig poder més i li vaig preguntar per la tomba de Devora Culligam, què em semblava que estava molt cuidada i si aquest servei era competència del mateix cementiri.
La senyora molt amable va fer un somriure i va dir:
– no... el cementiri no fa res de manteniment si els familiars no fan el contracte primer.

– Ja, i si em permet, com és que la tomba està tan cuidada? No hi ha matolls ni res, algú deu venir a cuidar-la...

Frederick una altre vegada va obrir als ulls desmesuradament i ràpid va preguntar-li:

— Qui és qui ve? vostè ho sap?

— Com diu que es diu la difunta? Devora Culligam...?

La senyora va consultar l'ordinador i va dir que ve una senyora bastant gran molt de tant en tant, porta unes flors i deu netejar una mica.

Els dos estàvem amb els ulls ben oberts....

— Sap com es diu i un número de telèfon o direcció per anar a veure-la?

— No, això no ho puc fer, però si em deixa un número de telèfon, jo em posaré en contacte amb aquesta senyora i si ella vol què els truqui.

— Perfecte, tingui, prengui nota.

— Moltíssimes gràcies, esperem la trucada.

En Frederick semblava que es volia quedar fins que parlés amb ella...

— Va Frederick, anem, hem de dinar i potser la senyora a la tarde ens dona notícies....(jo l'hi vaig picar l'ull).

Vàrem agafar el cotxe i vaig trucar al meu amic Andrew per dinar junts.

– A quina hora? Ok, doncs marxen ara mateix, en mitja hora estem allà.

En Frederick no obria la boca, jo entenia que avui era un dia molt difícil per ell i no podia digerir-ho tot de cop, després de tants anys...i només faltava aquesta dona que ha sortit d'una forma inesperada.

Després d'aparcar al parking del mateix restaurant li vaig dir al Frederick: – val, fins aquí...ara canvia la cara i supera el matí, hem de dinar i programar que fem aquesta tarda, d'acord?

El restaurant era del mateix diari Telegraph, fantàstic, potser tindria una antiguitat de cent anys, l'ambient que tenia era especial, només entrar semblava com si t'acollís a las seves instal·lacions...deliciós.

– Anthony!!, vaig girar-me i allà estava l'Andrew assegut a una taula esperant, el saludo i vam anar a la taula.

– Andrew...!!! li vaig fer una bona abraçada i ell a mi – estàs perfecte!!

– doncs tú també Anthony, sembla com si el calendari s'hagués aturat per tu.

– mira, et presento el meu amic Frederick.

– els amics de l'Anthony també son amics meus...
– li va donar la mà i vam seure.

– Anthony, què m'expliques? com estàs tu i els teus negocis?.....jajaja i la teva dona, segueix igual de guapa?

– Andrew em sembla què t'he de posar al dia ràpidament... vaig mirar al Frederick i li vaig somriure, com buscant complicitat, però el Frederick no estava a taula, li vaig donar un cop de colze i li vaig preguntar si volia beure una cervesa.
L'Andrew ho va captar de seguida i va demanar les cervese.

– Veuràs, en aquests aproximadament dos anys que fa que no ens veiem, m'he divorciat...amigablement, però divorciat, estava fatal i entre el psicòleg i un amic que té una agència de viatges.

– no serà en Paul?

– el mateix! quina memòria...dons va preparar-me un viatge extraordinari, tant és així que he tornat i no vull saber res de la meva anterior vida, inclosos els negocis....he vingut nou i amb una filosofia de

105

vida que, un altre dia amb calma i quan vinguis a Londres, t'explicaré.

– Ok, doncs m'apunto aquesta invitació i probablement serà ràpid, doncs he de fer un reportatge i es allà.

– I el teu amic què explica?... a veure primer dinem, voleu el menú que fan aquí al diari, és molt bo...sí?

– Perfecte...va fer un gest i ja tot funcionava...era un tio amb una empenta envejable.

– I tu què dius Frederick, què expliques?

– Doncs jo poca cosa, el motiu de què estigui aquí, té la culpa el teu amic i meu...jajaja Vols que t'expliqui alguna cosa de la meva vida per coneixem millor?

– Vinga...no teniu pressa oi?, a mi sempre m'agrada escoltar experiències i més si son de meus amics, mai se sap què pot sortir, total per escolta no es perd res i a més a més, com tu dius, et coneixeré més.

– Jo vivia aquí a Oxford fa uns quants anys, estava casat i tenia un laboratori què es deia FL.

– Com dius? FL?

– Sí, perquè aquesta sorpresa?

– Tu ets Frederic Lois, EL PROPIETARI DELS LABORATORIS?, què vas tenir un accident i vas desaparèixer per sempre més?

– Doncs sí soc jo.

– Jo vaig escriure un article molt extens sobre aquests laboratoris i la teva desaparició i per deu què no t'he pogut localitzar mai....
explicava la absorció dels laboratoris i inclòs del teu patrimoni e immobles.
Recordo què va ser un fet què a mi em va fer pudor, perquè va ser molt ràpid tot això. Però al no poder trobar-te, doncs vaig donar-te per mort. Pots explicar-me una mica amb algun detall, per veure si puc reprendre els fets?

– Andrew ho intentaré, si recordes els laboratoris, sabràs què estaven molt reconeguts, inclòs pel Govern i per entitats del sector (jo veia que en Frederick començava a ser ell).
Un bon dia li vaig proposar a la meva dona de fer unes petites vacances molt merescudes. T'explicaré tot, però una mica condensat per no fer-me pesat, d'acord?

– El què tu decideixes per mi estarà bé.

– El viatge era Oxford-Paris-Marsella-Mónaco a la Costa Blava.

Vam sortir un dia com avui en direcció a la primera etapa en cotxe a Paris, allà vam estar dos dies, el dia següent direcció a Marsella, però eren molts quilometres i vam decidir fer nit a Lyon. L'endemà vam sortir en direcció a Marsella per arribar finalment a Mònaco, però vam tornar a fer nit aquesta vegada a Marsella.

I aquí va ser el final del viatge....

Tenia la cara blanca com el marbre, tan es així que el mateix Andrew li va dir què descansés i fes un glop de cervesa...

– gràcies, el necessitava i l'Anthony sap perquè...continuo, vam sortir de l'hotel de Marsella a sopar a un lloc que ens havia recomanat l'hotel, però als deu minuts de caminar quatre kosovars o no sé d'on eren, ens van assaltar, però amb una gran violència, a mi quasi em maten de les puntades de peu que em van donar i quan jo estava a terra desfet, vaig veure que la prenien amb la meva dona, que ja estava destrossada pel que m'havien fet a mi, que es va barallar amb un d'ells tant que li va esgarrapar la cara, però ell li va donar una punxada amb un ganivet que portava, amb tan mala sort què li va tallar l'aorta.

Ella va morir dessagnada i jo a l'hospital en coma.

La policia francesa va dir-me al cap d'uns dies, quan ja estava recuperat, que l'estat anglès l'havia repatriat a ella i a mi quan em trobés bé. Em vaig trobar a casa, sense adonar-me'n, només amb el carnet d'identitat perquè el tenia a la recepció de l'hotel i res més.

Al dia següent d'estar a casa, vaig agafar quatre draps i vaig marxar abandonant tot i amb ganes, com ja li he dit algun cop a l'Anthony, de suïcidar-me, però no he tingut el valor suficient per fer-ho.

– I doncs què fas aquí? si et puc preguntar

– Doncs perquè el teu amic i ara jo també amb considero amic, em va recollir del carrer.....com ho sents, jo era un sense sostre i molt tocat, ell ha volgut venir a portar un ram de flors a la meva dona i saber on estava enterrada.
Per mi l'Anthony és com una espècie d'ànima que m'ha recollit i em cuida fins el que ell vulgui, doncs ni jo sé on vol arribar.

– Ostres, estic meravellat d'aquesta història que has explicat en cinc minuts. Et vull dir ara i aquí mateix que jo vull participar en aquesta feina que vol fer el meu amic, jo faré la meva feina pel que fa al teu patrimoni, domicili particular, bancs i laboratori, tot el què faci falta per donar-te la felicitat que crec que et falta.

Anthony, Frederick, em permeteu que us ajudi en aquesta tasca? Em sento implicat, la manera en que has relatat sense rancor tot el que t'ha passat, m'ha tocat la fibra i m'ha despertat el sentit de periodisme d'investigació, perquè com t'he dit abans, al teu relat havia vist moltes coses brutes...

– Andrew, de veritat no esperava res més de tu, i t'he de dir que no em decepciones, perquè sabia que reaccionaries així,
perdona'm, però ha estat un trobament amb una mica de trampa, però sé que em perdones perquè et consta que t'estimo molt i sé que col·laboraràs de tot cor.

– Jajaja jo també t'estimo molt Anthony i ja saps com penso jo, sempre vaig un pas endavant i mentre en Frederick parlava, jo sabia el que estaves pensant. Però apart d'aquesta anècdota, el meu oferiment està dit, i si voleu que hi participi em fareu molt feliç.

– A veure, us vull dir a tots dos que us estic molt agraït i no sé com puc compensar tant d'interès que preneu amb mi i la meva vida, però voldria dir què no vull publicitat, vull absoluta discreció, d'acord? perdoneu però jo soc així i no puc fer més.

– D'acord vam dir tant l'Andrew com jo.

– Jo també t'he de dir Andrew que li he donat al meu advocat totes les dades perquè es posi a treballar amb la investigació de l'assalt sofert per ells dos a Marsella i en quin punt està la investigació criminalística, a més, estudio demanar una indemnització important a l'estat francès, amb el consulat britànic o sense, et donaré el seu telèfon per si creus oportú parlar amb ell, d'acord?

– Llavors Andrew, tot queda a les teves mans, la feina que voliem fer nosaltres entre avui i demà. Nosaltres, si et sembla bé Frederick, passarem la nit a Oxford i demà si no hi ha res de nou i l'Andrew no diu el contrari, tornarem a Londres d'acord?

– Voleu venir a casa meva? Tinc lloc i així acabarem la jornada per acaba de conèixer-nos, d'acord? Anthony, tens la meva adreça? Si crec que la tinc al telèfon, espera.....sí la tinc.

– Doncs té la clau i ens veiem a casa, sobre les vuit, jo he de marxar, això ja està pagat, adéu.

– Adéu Andrew – va dir en Frederick què estava molt més animat tot i relatant altre vegada la seva història amb la tensió que comportava.

– Molt agradable aquest amic teu Anthony, es veu una fletxa eh?

– Sí es molt incisiu quan agafa interès en alguna noticia que li crida l'atenció.

Tot just arribant a casa de l'Andrew em truquen per telèfon, qui deu ser? vaig pensar de tot, amb la Mary, que no passés res...
– qui parla? qui?, sí el tinc aquí al meu costat li passo,
té Frederic es per tu, és la Sra. del cementiri.

– soc Lois digui'm.....ah si? I doncs, ens podem veure... a les dotze, molt bé perfecte, moltes gràcies per l'interès.

– Diu què ha parlat amb la senyora que de tant amb tant passa per la tomba de Devora i accepta veure'ns, a les dotze a un bar que hi al costat de la porta del cementiri.

– Frederick!! en aquest viatge tot es posa de cara i cada vegada estic més convençut que sempre has d'escoltar l'impuls del teu cor...estàs d'acord o no?...jajaja

– completament d'acord Anthony i veuràs la cara de l'Andrew quan arribi i li diguem la nova notícia. Anthony estic molt content i molt agraït amb tu, no em cansaré mai de repetir-t'ho.

Estavem menjant un entrepà quan va arribar l'Andrew – bon profit!!

– Andrew vols seure o dutxar-te i jo de mentre et preparo un entrepà com nosaltres?

– no gràcies Anthony, no tinc gana, només set, agafo una cervesa de la nevera i vinc a seure amb vosaltres i m'expliqueu coses.

– ja soc aquí, vinga, soc tot orelles jajajaja

Doncs atenció que hi ha una altre novetat....

– ah si? Va diguem!

– Doncs estem citats demà al matí amb la senyora que cuida la tomba de la meva dona!! suposo que ens haurà d'explicar moltes coses i nosaltres veurem una mica més de llum amb tot el que ha passat.

– A quina hora esteu citats i a on?

– A les dotze, al bar del costat de l'entrada del cementiri.

– Sí pogués venir, molestaria?

– De cap manera, no Anthony? Pot venir no?

– I tant que sí, no esperava res més d'ell...

– Val, i tu Andrew, què expliques, t'ha anat bé la tarda?

– Uf...molt liat i una mica espantat, perquè estic investigant un cas de corrupció que podria arribar fins i tot a un diputat del parlament lligat amb un altre de planificació urbanístic.....estem podrits estimats amics meus! però ara, com diu aquell, s'ha de viure el dia i dia, i ara la vostra investigació és el dia a dia...no?
Demà quan ens veiem,al migdia o després de dinar, podria ser què tingués alguna cosa a dir, ara si amb perdoneu, vaig a dormir què demà torno a tenir un dia molt compromès, esteu a casa vostra. Bona nit.

Nosaltres varem recollir tota la cuina i també vam anar a dormir, – demà esmorzem sobre las vuit d'acord?

– molt bé Anthony, fins demà bona nit.

– bona nit Frederick.

Eren les set del matí i va arribar a l'habitació un aroma de cafè que em va fer aixecar del llit i anar a la cuina, no hi havia ningú, l'Andrew havia fet cafè i ja havia marxat. Jo em vaig aixecar i després de vestir-me, vaig anar a la cuina per preparar

l'esmorzar pels dos. En Frederick va venir al cap
d'un quart d'hora ja vestit també – bon dia, vols
cafè?

– Bon dia, si Anthony i una mica de llet si us plau,
veig què l'Andrew ha marxat oi?

– Si.. deurien ser les set i mitja aproximadament.

Quan tots dos havíem esmorzat, cadascú va
arreglar la nostra habitació i arreglar la nostra
bossa que havíem portat per si havíem de fer nit a
Oxford, vàrem decidir donar una volta caminant
per la ciutat i fer temps per anar a la hora
convinguda a trobar-se amb aquesta senyora.

En Frederick va reconèixer bastant els carres per
on anavem passant, però li veia molta indiferència,
no experimentava enyorança ni melancolia,
després de quasi una hora de caminar vam tornar al
cotxe on era aparcat i ens vam dirigir al cementiri
que estava relativament a prop. Acabàvem
d'aparcar i em va trucar l'Andrew que estava a
cinc minuts, venia amb moto. Estavem caminant
en direcció al bar i vaig veure a l'Andrew com
aparcava la moto davant mateix del bar.

– Hola bon dia... com esteu? Heu dormit bé per
cert?

– Sí molt bé, gràcies.

–Doncs vinga entrem, que em sembla que es aquella senyora que està asseguda al final d'aquella taula
– Bon dia senyora, soc Frederick Lois el vidu de la Devora, la meva dona – li va allargar la mà per saludar-la – és vostè oi senyora qui ve a la tomba de la meva dona de tant en tant...

La dona va aixecar-se i li va donar la mà al Frederick i li va somriure.

– sí soc jo i jo a tu ja et conec...

El Frederick i tots ens vam sorprendre molt, el Frederick li va dir – doncs jo perdoni, però no la reconec.

La senyora va seure i va dir, si us plau, voleu seure tots?
Estavem tots com petrificats, perquè ningú esperava que aquesta dona coneixes al Federick.....

– I aquests altres senyors...?

– si, perdoni, son uns amics meus què m'acompanyen, son l'Anthony i l'Andrew.....molt de gust senyora, vam dir tots dos, encara amb la sensació de sorpresa.

– I permetim què et pregunti Frederick, com veuràs et tutejo, no et molesta oi?

– Et preguntava que de que coneixes a l'Andrew? Un famós periodista al què jo admiro tant?, no voldrà fer un reportatge oi? Sr. Andrew?

Una altra vegada ens va descol·locar als tres, aquesta vegada era aplastant.

– No si us plau, ja li dic que som els tres molt amics i tenen el detall d'acompanyar-me en aquests moments bastants durs per mi. De totes formes, crec que a l'Andrew li reconforta que voste el conegui...no Andrew?

– Doncs comencem, jo ja sé tot el que has passat Frederick, des del succés de França i tot el periple que has passat. Fa molt de temps què t'esperava, però ja començava ha dubtar, perquè a més, no podia localitzar-te...m'has fet patir molt.
estàvem tots tres com aquell que estava escoltant un reportatge, no ens atrevíem a dir res....i el Frederick ni respirav.

– El meu nom es Joanna i soc cosina de la Devora, el Frederick quasi es desmaia... us explico perquè es una mica complicat i heu d'estar atents, la meva mare es deia Adrianna i tenia dos germanes més, Elizabeth i Angèlica amb el cognom Culligam

Elizabeth va tenir a Devora i Angelica, va tenir a un nen què es deia Anthony, Joanna va mirar fixament a l'Anthony.

Aleshores era jo qui va canviar de color.....aquest Anthony era Jo?

– Calma no us poseu nerviosos.....la vida dona moltes voltes i sempre hi ha un mateix camí al final de tot.
Jo soc Joanna Culligam, després Devora Culligam i Anthony Culligam....

Ara eren ells qui em miraven a mi – Deu meu, resulta que el Frederick i jo som família??

– Dons sí, sou cosins segons....mira per on? i la Joanna es va posar a riure, veieu el que es la vida?

– El primer que va parlar va ser l'Andrew...a veure, vull dir que m'heu de donar permís per escriure un gran article quan acabem, d'acord? Estic completament al·lucinat!

Perdoneu però jo necessito una copa....què voleu vosaltres...el mateix? i vostè Joanna?

– No gràcies no vull res.

– Per favor jove, em pot portat tres brandis?
Gràcies. Ara us toca a vosaltres explicar què feu
aquí....

–Joanna, mira, la culpa és meva perquè volia portar
al Frederic aquí per veure la tomba de la Devora i
després veure què va passar amb casa seva...amb el
laboratori... etc. I t'he de dir una cosa què ja l'hi
vaig dir en el seu moment; que sentia una força
interior i ara ja he descobert la relació d'aquest
impuls que tinc...evidentment impuls provocat per
la Devora.

– No tinguis cap dubte Anthony. Jo us puc explicar
tot el que voleu saber i resoldre les preguntes que
tingueu. Andrew, proposo que anem a dinar a un
lloc que conec i no ens molestara ningú per poder
parlar del que vulguem, què tal?

En Frederick va mirar a la Joanna i ella va dir que
ok. – Anem, ara que tinc tota la família reunida, no
la vull deixar anar així com així.

Tots vam riure i vam marxar al restaurant. El
restaurant, efectivament, era una especie de club
molt anglès i amb menjadors independents, ideal.

Una cop asseguts, la Joanna va seure entre el
Frederic i meu. L'Andrew va preguntar què volíem
beure o vam dir que aigua, vi o potser cervesa. La
Joanna volia aigua i nosaltres tres cerveses.

—Voleu menjar alguna cosa amb especial o prenem quatre menús?que la veritat, jo és el que recomano.

Tots vam dir si que sí, que perfecte. Durant el dinar tot era recordar, per part de la Joanna, anècdotes entre la Devora i ella, doncs amb mi,al marxar a Londres, es va trencar el contacte de cosins i jo, que era el més petit, doncs no recordava res de el que ella explicava, semblava com si parlés d'una altra família i verdaderament fos així. Però ara que la Joanna havia posat cara als records i veient alguna foto que en Frederic m'havia ensenyat, ja hi puc veure la meva família, desconeguda?, sí, però la meva família a la fi. Quan estàvem prenent cafè no va poder més i l'Andrew li va preguntar a la Joanna si sabia que havia passat amb les pertinences del Frederick i amb el Laboratori.

– Doncs certament no sé què va passar però sí que al cap de poc temps la finca del Frederick la varen subhastar i el Laboratori el va absorbir un altre laboratori de la zona. Si sé que la finca la van vendre per quatre *pounds* que els van ingressar el Consistori per compensar les despeses de l'enterrament de la Devora. Jo no vaig saber res fins que vaig llegir un article del Telegraph comentant aquest fet i la estranya rapidesa en executar tot, però no posava qui era el nou propietari de la finca. Pel que fa al Laboratori jo no tenia res a fer ni sabia que havia passat apart que era un altre del mateix Oxford.

– T'he de dir Joanna que l'article que sortia al Telegraph jo el firmava...

– Ah si? ves per on, sabia jo que el teu nom era familiar i com avui ja estic saturada de tantes coincidències....jajaja

– Doncs sí, era jo i precisament és el cas què estic investigant, perquè em porta fins i tot la meva investigació a Londres, al Parlament. Materialment tinc tota la investigació tancada i podria atacar ara mateix si volgués, però com ara ha sortit un personatge nou a escena que ets tu, Frederick, vull dir-te que hauré de demanar-te alguna situació en que m'hauràs d'ajudar, però amb la més absoluta privacitat, per poder rematar el cas.

La Joanna estava meravellada amb l'Andrew i a més, amb tota aquesta situació, però la veritat es què nosaltres també, perquè el Frederick feia una cara que no calia preguntar-li res.

– Pel que fa als Laboratoris, no em preocupa tant, perquè està a l'abast, de totes formes començaré, perquè no voldria pensar que tot estigués lligat, explotaria una bomba bastant important amb la implicació del Consistori.

– Amics jo crec què avui pel moment ja està bé de tot el que hem avançat, Joanna, Frederick i inclòs tu Anthony, crec que hauria de anar a descansar i digerir tot el d'avui, vosaltres què feu?
Marxeu a Londres o voleu estar un parell de dies més aquí?
I tu Joanna et dono el meu telèfon per si tens cap altre record i si us plau, dona'm tu el teu.

El Frederick va mirar-me i em va preguntar que em semblava estar un parell de dies més per continuar parlant amb la Joanna... – Ok, perfecte Andrew, no et torno la clau de casa teva.....jajaja

– doncs vinga marxem, però aquesta vegada pago jo Andrew.

Al sortir del restaurant, li vam dir a la Joanna de portar-la a casa i ella va acceptar. – Andrew fins després, portem a la Joanna a casa i ens veiem a casa, val?

Va arribar a casa seva que vivia a un barri amb certa classe i molt tranquil, Joanna ens veiem demà d'acord? Tens el meu telèfon?

– No Anthony
– mira, apunta el meu i ja amb trucaràs d'acord?, no dic res de que vingueu a casa perquè prefereixo estar tranquil·la ara i descansar, perdoneu-me eh?, Fins demà, adéu.

– Adéu Joanna, ja ens trucarem, bona nit.

– Dons com diu aquell, «per fi sols», Anthony, vaja dia avui eh?
Jo no m'esperava tantes novetats a tot nivell que hem tingut, la Joanna, que som tots família...i per últim Andrew què coincideix que treballant en un tema que pot ser que estigui relacionat amb nosaltres..... quin desgast d'emocions, i pensar que fa quatre dies com aquell que diu que em volia suïcidar....increïble i demano perdó no sé a qui, bé, si que ho sé, a la meva dona i a tu Anthony gran amic meu i ara gran cosí meu....jajaja

– Frederick, ets feliç?

– Doncs no sé que respondre, però en aquest moment jo et diria que sí, molt feliç. En aquell viatge que vaig fer, del que t'he explicat bastantes coses, el dia què vaig visitar el Temple de Potala, seu del Budisme, el meu amic i guia va presentar-me un amic seu què havia entrat a la congregació budista, reconeixent la màxima autoritat del Dalai Lama. En aquesta reunió que varem tenir els tres durant gairebé tres hores, va explicar-me la filosofia i sistema de vida budista, diem que la màxima expressió és la felicitat, fer feliços al pròxim i amb tu mateix, però va acabant dient que la felicitat no és material, la portes a la teva ànima. Des d'aleshores, jo soc diferent, em veig molt diferent. En aquests moments em trobo molt feliç dins meu i a més a més, et veig a tu que també estàs molt feliç i això és el que em fa més feliç. Escolta que no soc un apòstol eh? Jajaja

– Tu recordaràs que fa uns dies et vaig preguntar si creies en l'ànima? Què la teva ànima es desdoblegava de tu i només faltava que jo et deia que notava que algú m'empentava, doncs resulta que aquest algú està claríssim que es la Devora.....i a més a més, és la meva cosina!!!
Necessito una copa...tinc el cor a la boca, parem a aquell bar i prenem qualsevol cosa val?

– Anthony estàs fent-me plorar, vols callar si us plau!!! jajaja, vinga anem per una copa.

Després de la copa, tots dos feien una cara que semblava que vinguéssin de la mina, de doblegar l'esquena tot el dia.

Vam arriba a casa i l'Andrew, com sempre, no havia arribat,

– tens gana Frederick?

– La veritat es que no

– que et sembla, si tu tampoc tens gana, ens fem una infusió i anem a dormir?

– D'acord, ara mateix las faig.

M'entres preníem la infusió, el Frederick va dir si seria possible encarregar per la fossa de Devora, un tancat de pedra o granit delimitant la superfície de la tomba.

– Em sembla molt bona idea, doncs demà quan recollim a la Joanna li expliquem i anem al cementiri per fer l'encàrrec, d'acord?

– Gràcies Anthony.

No vam esperar a l'Andrew i vam anar a dormir.

Al matí si que ens vam veure amb l'Andrew i l vam explicar què faríem a la tomba de la Devora.

– Mireu, després de dinar, per cert demà no podem dinar junts, et trucaré per telèfon per veure'ns també amb la Joanna, si no puc, aleshores a la nit ens veiem a casa i parlaré amb vosaltres, perque possiblement tindré alguna novetat, d'acord?

– Molt bé doncs, així fins després de dinar, adéu Andrew.

Nosaltres, com cada dia, vam recollir la casa i vam marxar per recollir a la Joanna. Pel camí vàrem trucar a la Joanna per avisar-la que en mitja hora la recollíem, i que estariem prenent un cafè a sota de casa seva. Acabàvem de seure al bar i de seguida va aparèixer la Joanna, estava molt cuidada i se la veia jove, rosa i amb molta presència, es podria dir que era una dona guapa i més per l'edat que tenia, més o menys com nosaltres.

– Bon dia Joanna, seu si us plau, que acabarem de prendre el cafè i et volem explicar el que hem parlat l'Anthony i jo.

– Molt bé, com esteu? Després de tantes novetats d'ahir... estan totes assimilades?

– Sí, estem bé i molt contents els dos, tant ell com jo. Mira Joanna, volíem preguntar-te a veure que et sembla la idea de fer un tancament de pedra o de marbre, marcant el límit de la tomba de la Devora, què et sembla?

– Ara sou vosaltres que m'esteu donant una alegria, perquè ja ho tenia pensat, però la veritat no tinc prou recursos per fer-ho jo sola, estic molt contenta i per suposat que estic amb vosaltres, però i això qui paga?

– Joanna jo pago tot el que surti, després ja passaré comptes amb el Frederick.......jajaja. No, afortunadament no lamento com m'ha anat a la vida i em puc permetre aquesta despesa.

– Doncs quan voleu marxem al cementiri, ja sabeu que aquí tots tanquen a la una. Per cert, voleu venir a dinar a casa meva? Tinc amanides i després carn de vedella estofada....què tal?

Tots dos alhora vam dir... – D'acord!!.... tots tres vam riure.

Vam anar caminant al cementiri i parlant amb l'encarregada d'aquest tema, li va donar a la Joanna una espècie de catàleg, després de mirar-lo detingudament ens va mostrar un acabat de fossa que no estava malament, diria que estava molt bé.

– Què tal? Us agrada? Tots dos vam respondre que sí

La Joanna va parlar amb la senyora, per quan es podria fer tota aquesta millora i quant costaria, va mirar-me i li vaig dir que cap problema.

Al sortir semblava que havíem fet un feina que teníem pendent, estaven tots pensatius caminant fora ja del recinte del cementiri, quan la Joanna va dir que havia de fer unes compres, que esperéssim al bar d'abans i que tornaria en un quart d'hora.

– per veure que voleu, vi negre oi?

La Joanna tenia un pis no molt gran, però molt acollidor, amb totes les comoditats i a més cuinava magistralment. Va fer-nos un dinar que estàvem tots dos vermells com un tomàquet, la carn boníssima i va fer un postre que segons deia, li va ensenyar la seva mare què estava tant bo, que no en va quedar res, varem menjar tot...

La Joanna va dir – escolteu que no dineu aquests dies que esteu a Oxford?...jajaja, qui vol cafè? tots dos varem aixecar la mà.

Va sonar el meu telèfon, era l'Andrew...

– Hola on estàs? Sí, diguem on ens veiem, al restaurant del teu diari, ok. Passa'm l'adreça per whatsapp. Ah vindrem amb la Joanna, estem dinant a casa seva, mitja hora, perfecte fins després.

– Quin tio! com ha dit al matí, té novetats i vol parlar amb tots, sí, també tu Joanna.

– Doncs vinga, preneu el cafè que de mentre em canvio de roba.

Al cap d'una estona estàvem asseguts al cotxe, jo tenia l'adreça al telèfon i amb el Google vam dirigir-nos al restaurant on trobaríem a l'Andrew. Estava a la taula de l'altre dia, va aixecar la mà perquè el veiessim.

– Hola com esteu tots? Veig què molt bé no?, seieu si us plau, voleu cafè o...

– Si, nosaltres dos cafès i tu Joanna?

– Un aigua sense gas fresca.

– Amics meus, això va a tota marxa..... tinc el nom del laboratori què va absorbir el del Frederick, es diu Laboratoris Wilson, no crec que el nom us digui res, però a mi sí, el propietari...es diu James Wilson.

– A tu Joanna et sona aquest nom? és familiar per tu? i tu Frederick?

Us ensenyo una foto d'ell?....mireu (va buscar al telèfon i els hi va mostrar una imatge tan amb ella com amb ell...) i ara?

– La Joanna ràpidament va dir...Sí!!, aquest Sr. havia estat al Consistori, jo vaig treballar un temps allà i aquest Sr. era molt conegut, a més estava a tota arreu, ell concretament estava al departament de Tecnologia i Inversió i també d'Urbanisme.

– Exacte Joanna, bona memòria!!, ara us diré una cosa que, si us plau, no parleu amb ningú d'aquest tema d'acord? Se n'aniria tota la meva investigació a norris. Ja prou tinc la sensació què em vigilen...

Aquest individu fa molt de temps que li vaig al darrere, us recordeu que estava treballant en un tema que pot ser que inclús arribaria al Parlament Anglès? Doncs bé, com bé diu la Joanna, manegava varis departaments alhora i amb la complicitat de l'Alcalde, ho tenien tot controlat. Doncs em falten tres o quatre detalls per denunciar-ho tot, serà una gran moguda, un verdader escàndol què portara bastantes dimissions tant aquí com a Londres. Pensava què us hauria de demanar ajuda, però amb la identificació de la Joanna i després de tot el que ha dit, estic coordinant tot. A més, el Federick, i crec no equivocar-me, en sortirà bastant beneficiat. Acabeu de prendre el cafè que ja el teniu gelat...jajaja, tinc una altra notícia que dir-vos...

Tots estavem bocabadats...era com si estiguéssim veient una pel·lícula...

– Andrew acaba ja perquè estem com una fulla de nerviosos tots tres...

– Doncs aquest matí, el teu advocat, Anthony, em diu exactament si puc fer un petit reportatge de tot el què va passar i publicar-ho, perquè els ha amenaçat que la premsa anglesa ho farà públic i després la francesa també, i si jo tenia cap contacte a algun diari francès, i que us digui que tot pinta molt bé i té el recolzament del cònsol del Regne Unit a Paris.

Per tant, ho sento però demà no podeu marxar a Londres, primer hem de fer la història per publicar-la jo al Telegraph, i després passar-li a un amic del diari Francès, d'acord? Tinc una idea, demà, i compto amb tu Joanna, dinarem tots quatre a casa meva, així tindrem tota la tarda per fer l'esborrany.

La Joanna i nosaltres dos vam dir – perfecte, així ho farem, a quina hora quedem?

– Joanna tu pots venir a la hora que vulguis, perquè aquests dos els tinc a casa i no els deixaré fugir....jajaja.

– Ok, marxem, anem a portar a la Joanna a casa i després anem a casa d'acord?

– Joanna fins demà.

– Andrew, adéu.

Al sortir del bar, tots tres meravellats per l'Andrew i a més també molt il·lusionats perquè tot sortís a la llum d'una vegada i paguessin els que haguessin de pagar. El Frederick no deia res referent a que sortís tot a la llum, perquè ell només ha patit tots aquests fets tot sol, ignorava tots el jocs d'interessos i assumptes bruts, però la Joanna sí que ha coincidit en part amb l'Andrew.
I jo ignorant tot completament.

Vam arriba a casa de la Joanna i ens varem dir fins demà

– bona nit Joanna, que descansis...

– Igualment a vosaltres, bona nit i fins demà, ja avisareu d'acord?

– Si Joanna, ja et trucarem, adéu.

Ja tornant a casa, el Frederick diu... quina bogeria... quins dies portem d'alegries continues no?, que poc esperàvem tots aquests aconteixements.

– tens raó i sobretot tu Frederick, perquè jo ignorava tot fins que et vaig conèixer i vam decidir fer el viatge a Oxford.

– És veritat Anthony, tens tota la raó.

Quan vam arribar a casa, l'Andrew estava treballant al seu despatx, al sentir-nos entrar a casa va cridar... – hola, estic aquí treballant, preneu una cervesa i doneu-me deu minuts per que pugui acabar aquest informe.

– Ok, ja sortiràs quan vulguis.

Quan va sortir l'Andrew del despatx feia una cara d'haver fet una bona feina, estava satisfet, portava una carpeta a les mans i va dir... – qui em dona una cervesa?

Jo vaig anar a la nevera a per una i ell va seure a la taula de la cuina i li va dir al Frederick... – té, llegeix tot aquest escrit des del principi fins al final amb calma i digues que falta, sense pressa.

Mentre ell estava repassant tot el treball de l'Andrew, aquest em va dir que tenia un esborrany del treball que estava fent, ja fa un any de l'individu que sospita de mogudes importants, inclou també el patrimoni del Federick i el laboratori, però aquest treball demà amb la Joanna el constatarem i polirem per iniciar la noticia/denuncia.

– Ja estic, he acabat Andrew, jo no podria haver escrit millor la meva història, ets magnífic, si em permets dir-t'ho, estava entusiasmant. L'Anthony ha fet un treball millor del que jo t'he explicat totes aquestes vegades, Andrew té una retentiva i una claredat d'expressió que és admirable...

– D'acord...d'acord Frederick, així el dones per bo l'escrit?

– Sí...per descomptat que el dono per bo.

– Doncs molt bé, el passaré a la redacció del diari i demà sortirà publicat i al mateix temps li passo al meu amic francès per què faci el mateix al seu diari. Segur que demà tindrem notícies tots plegats, no sé quines, però de tenir-ne clar que les tindrem....jajaja.

– Va anar al seu despatx i al cap de dos minuts ja tornava...

– Ja està fet, tenia copia a l'ordinador i com el Federick no ha fet cap observació per rectificar, doncs la he donat per bona i ja està al taller del diari per configurar la pàgina.
I vosaltres què passa? No sopem?...jajaja, demanem unes pizzes?
Vinga som-hi, que després d'aquest estrès tinc gana...vam riure tots.

A l'endemà, després de la dutxa, vaig anar a la cuina, estava l'Andrew prenent cafè i va dir si en volia.

– Si, si us plau, i en Frederick? No s'ha aixecat encara?

– Té el cafè Anthony i al Frederick...ah ja està aquí, bon dia Frederic et faig cafè per tu oi?, he de parlar amb vosaltres, més aviat amb tu Frederick.

– Què passa?
– Doncs m'han trucat del diari per donar-me una notícia, el meu escrit no l'han imprès i per tant no

està publicat i a més, han trucat del Consistori que ens volen veure a tu Frederick i a mi...

– i jo puc venir?

– Millor què no, si vols anem amb el teu cotxe i ens esperes abaix fins que sortim, d'acord?, tenim cita a les onze, d'aquí una hora sortim.

– Doncs que ha passat?

– crec què (segur) hi ha un topo informatiu a l'exterior, que informa de qualsevol notícia que apliqui al Consistori i «annexa».

– què vols dir «annexa»?

– Vull dir...en una sola paraula... El Poder!! això és que algun detall que «cou» amb algú i volen evitar que surti a la llum...D'acord, en cinc minuts marxem, preparats...?

Vam agafar el cotxe i pel camí van trucar a l'Andrew....

– Si digues John, no saps qui es?, i perquè no l'han publicat...però la veritat....tu no ho saps?..segur?...John tens alguna cosa que dir-me? O si m'he de cuidar l'esquena?...no...val John, gràcies. Res, no em diu res, en John si tingues informació amb diria qui o que, doncs tranquils, no passa res, aviat sortirem de dubtes...No?

Quan vam arribar al pàrquing del Consistori, l'Andrew va dir-me – posa't aquí que podràs estar tranquil esperant a que nosaltres sortim.

– Vinga Frederick anem, fins després Anthony.

– Que tingueu sort!!

Vam entrar a l'edifici, un edifici molt antic però completament rehabilitat, semblava típic colonial anglès, un gran rebedor amb una escala de marbre semicircular que pujava al primer pis, realment tenia tres pisos l'edifici, estava super cuidat i brillant, els marbres, la fusta de les portes i la barana de l'escala, semblava com si no hi visqués ningú.

En Frederick li va preguntar a l'Andrew, tu has estat aquí alguna vegada?

– No, mai, és estrany però no, no he vingut aquí per res.

Des del primer pis, un passant els va cridar... – Sr. Andrew, Sr. Lois si us plau, volen pujar? Nosaltres vam mirar-nos amb sorpresa perquè ens cridava pel nostre nom, vam pujar aquella escala imponent.

– Si us plau vinguin.

– Vam arribar a un despatx que, per les dimensions, hauria de ser el principal, prenguin cadira.

– Ara vindrà el Sr. Alcalde.

Continuem sorpresos de tot el cerimonial i que l'Alcalde ens vulgui veure en persona.
Per la porta interior va sortir un senyor amb una expressió afable i va presentar-se:

– Bon dia, soc l'Alcalde i el meu cognom es Robinson, vostès doncs son el Sr. Andrew...va allargar la mà i li vaig donar i vostè el Sr. Lois, també li va oferir la mà.

– A veure, tinc notícies Sr. Andrew, que vol publicar un reportatge dels detalls del matrimoni Lois, tinc entès que es un treball magnífic i pel qual el felicito, però li vull dir perquè els he fet venir a tots dos.
He llegit el seu treball i li he de demanar que no el publiqui, si Sr. Andrew, entenc que estigui sorprès per la meva petició, però si us plau, deixi'm parlar i explicar-li el motiu d'aquesta sol·licitud. En el temps que va passar tota aquesta desgràcia, que vostè Sr. Lois va sofrir, jo no estava al consell d'aquest Consistori, ni era Alcalde, ni materialment estava en política. Jo no en sabia res d'aquests fets

que vostè relata, però he estat investigant aquest matí, abans de que vostès arribessin, el que va passar, perquè a vostè concretament Sr. Lois, apart de repatriar a la seva Senyora EPD i a Vostè, no és va fer cap ressò de la desgràcia i ni res de res, perquè vostè era un personatge valorat, un empresari predilecte, per la seva trajectòria en el camp de la investigació i a més, el seu Laboratori tenia empleats d'aquesta ciutat. Tota aquesta trajectòria vergonyosa per part d'aquest Consistori, la desaparició del seu Laboratori, tot el seu capital immobiliari...casa...terrenys...etc, jo no puc permetre això.

Per tant, a canvi...

– Perdoni Sr. Alcalde Robinson, abans de que continuï, vull preguntar-li com ha arribat a les seves mans aquest treball que he fet i ara estem parlant?

– Sr. Andrew, aquesta pregunta no li puc respondre per la pròpia integritat de la persona.

– No digui de la pròpia integritat d'aquesta persona perquè d'aquesta no en té cap, si pateix pel lloc de treball d'aquest individu, no cal, si vol patir per algú, pateixi per mi, perquè després d'aquesta entrevista amb vostè, aniré al diari a presentar la meva dimissió i com vostè es pot imaginar tinc moltes portes obertes. Jo li respecto el silenci. També li he de dir que el que em demana ja és impossible, que vostè demani la no publicació ja és impossible, doncs ja ha sortit publicat a un diari molt prestigiós de França. I per últim, vull preguntar-li per aquesta sol·licitud seva, si quan aquests fets van succeir vostè mateix ha dit què ni estava al Consistori, no entenc que es vulgui embolicar, la població està molt satisfeta amb vostè, com governa i a més, sap que als diaris fem enquestes i la estimació de vot per vostè ha pujat un 5% més. Sap què pot sortir (perdoni) escaldat quan acabi tot això? expliquim si us plau...

En Robinson estava que no obria boca, però va reaccionar i li va respondre a l'Andrew:

– Miri, jo per correspondència amb el lloc que ocupo, he de vetllar per la honorabilitat del Consistori i per tant, m'ha d'entendre. Realment ara amb el diu que ha sortit publicat a França és un altre problema afegit...

– Perdoni Senyor, a veure que hagi sortit a França publicat és merament per denunciar a l'estat Francès de la seva passivitat i poca resolució amb un fet que ha passat a uns ciutadans estrangers i per què estigui informat, comptem amb el recolzament de l'ambaixador Britànic a França. Jo si em permet, li vull dir una idea del que jo faria en el seu lloc, després de pensar-la molt... li puc dir?

– Si us plau, continui.

– Doncs jo estudiaria la possibilitat de fer com a compensació a la Família Lois, en aquest cas al Sr. Frederick, concedir-li una mena de distinció per tot el què ha patit i la pèrdua de totes les seves pertinences particulars i com a president d'aquells Laboratoris tant coneguts per tothom, amb medalles a la seva labor d'investigació, Consistori, Estat, Competència, doncs tothom estava orgullós d'ell. Aquesta seria una bona sortida a la seva figura de personatge polític, amb un criteri just Sr. Alcalde, aquí li deixo la meva idea, ara si vostè ens permet, hem de marxar, hi ha una persona ens espera i francament tinc moltes coses a fer.

– Per suposat senyors. Estudiaré aquest comentari que ha fet, pel moment no vull entorpir més la vostra feina, fins a la pròxima i molt de gust de conèixer-los als dos.

Es va aixecar, ens va donar la mà i adéu.

Quan vam sortir d'allà, l'Andrew estava vermell com un tomàquet, no va esperar a arribar al cotxe ni pròpiament a parlar amb mi, va trucar al diari...

– Hola, vinc ara mateix al despatx per parlar amb tu i ves preparant la meva renúncia... Què!!? Perquè has donat l'ordre de no imprimir el meu treball? Qui ha parlat amb l'Alcalde? Espavila en preparar la meva renúncia perquè ja m'estan esperant a un altre diari i si no és convincent et diré adéu a la cara, fins ara. Frederick.... no t'espantis, això és molt normal a la premsa... què et sembla l'Alcalde? Ja us deia jo a vosaltres que es preparava merder i bastant merder....i encara falta la segona part que porto tant de temps preparant.

Vàrem arribar al cotxe i l'Anthony estava que es pujava per les parets de nerviós... – pensava que estàveu tancats als soterranis empresonats....jajaja tindreu un verdader serial per explicar no?

– I tant que sí, però ara ràpidament hem d'anar al Telegraph per resoldre un tema i després allà mateix dinarem i parlarem de tot.. val? Mentre jo soc al diari Anthony, el Frederick t'explicarà que ha passat a la reunió amb l'Alcalde.

– D'acord, anem ràpid al diari, et deixaré a la porta del diari i nosaltres després aparquem i anem al restaurant i t'esperarem, et sembla bé?

Quan vam deixar a l'Andrew, de seguida vam aparcar i ja de camí, el Frederick m'anava explicant la reunió amb l'Alcalde, perquè jo estava completament intrigat en saber.
Després d'explicar-me tot de la reunió, la conclusió és que va ser un èxit total, l'Andrew va controlar la situació de cap a peus i no solament això, sinó que a més, també sembla que li ha posat a la mà una solució pel propi interès de l'Alcalde i

de retruc un benefici per el Frederick – Tu què dius Frederick? És així com veig la entrevista? Ha anat així?

– Si, Anthony i és què l'Andrew és molt dur de pelar i jo pròpiament em faig creus de com ha portat el problema al seu costat i a més potser surto fins i tot beneficiat...és increïble.
El que passa és que crec que té algun que altre enemic dins el mateix diari i possiblement fora també, perquè pot fer molt de mal i la gent imagino qu moltes vegades el voldria fer fora de circulació.

Estàvem prenent la cervesa de torn i apareix l'Andrew, jo ràpidament li demano una cervesa, ell seu al costat, molt al costat nostre, com si vulgues que ningú sentís la nostra conversa, vaja matí que portem no?

– Mireu, primer de tot hem de parlar, perquè hi ha alguna persona que va per mi d'acord? Ara mengem qualsevol cosa i a casa parlem tranquil·lament, demanem uns bocates i marxem? Si?

Va aixecar la mà per que vingués el noi, després de demanar-li els bocates ens mira i diu...l'article surt publicat a la edició de la tarda, és a dir, en dues hores ja està al carrer....el talp era el John aquell que vaig parlar per telèfon, recordes? i de renúncia res de res, encara m'ha donat més autonomia i contacte directe amb el director, problema resolt. Ara mengem què això segueix jajajaja què sabem de la Joanna? La truco?...Joanna com estàs?, què fas?...ah molt bé!, així què vols dir què comencen demà?, ...tu hi seràs per controlar?, ok doncs demà cap al migdia et truquem per veure si podem dinar tots quatre, d'acord? Adéu.

– Diu què està amb els canvis de la tomba de la Devora i què comencen demà a fer tot el treball, ella controla i si acaben doncs dinaríem junts...caram...tot ve de cara no? anem a casa? I prenem el cafè allà val? Vinga som-hi.

Quan varem arribar a casa, l'Andrew estava pletòric i nosaltres de retruc també, jo era l'encarregat de fer els cafès i el Frederick del sucre i demès...era per estar fen alguna cosa perquè en realitat és de seure i escoltar a l'Andrew.

– Amics meus, això s'acosta molt al guió d'una pel·lícula de suspens.....jajaja estic molt content de com ha anat l'entrevista amb l'Alcalde i tu també no Frederick? Estic molt content de com anat la reunió al diari amb el director, crec què estaré una temporada tranquil, perque m'he lliurat fins i tot del talp. Estic molt content perquè...

Va fer un silenci, nosaltres estàvem amb la boca oberta esperant que parlés

– perquè... m'ha trucat el meu amic francès abans d'entrar al restaurant i m'ha dit que ha sigut un tro l'article i el ministre d'interior francès li ha donat cita per demà... Això sembla com una bola de neu que arrossega tot.

Nosaltres esperarem a passat demà per veure que passa demà, el soroll que farà aquesta tarda el diari, imagina quants fronts tenim...i per la setmana que ve ja tindre (crec) l'últim treball en el que penso rebentar el Consistori i el Parlament a Londres. Senyors!! això es tot pel moment!!! Esteu dormint?..jajaja, què dieu?

– Doncs que vols que diem, estem meravellats de com domines totes les situacions que son tan complexes i amb un punt de perill i tu les fas i les expliques d'una manera que sembla què siguin fàcils de fer...ets increïble.

– Per cert, ara que parlem d'un punt de perill, a veure, ara vaig al meu despatx a acabar el meu proper treball per la setmana que ve com he dit, ara faré un esborrany i faré dues copies a un pendrive, una per cada un de vosaltres, que heu de guardar al lloc més segur que tingueu, faig dues copies per si un el perd o li prenen, que l'altre la tingui. Aquest esborrany si no passa res el substituirem el dilluns, que ja el tindre acabat, aleshores actualitzarem els pendrives, d'acord? Sí, no em mireu així, totes las precaucions son poques i ningú assegura que no vinguin per mi com us he dit abans, seria una llàstima que aquesta feina no arribés al final, el nom del director del diari es Churchil, sí com el polític famós. Està clar tot! vull que estigueu sempre atents, hi ha molta mala fé al carrer (El Poder). No poseu aquesta cara, jo vaig al despatx i vosaltres en qüestió de dues hores penseu què sopem, fins ara.

Ens vàrem mirar i no sabíem de que parlar, eren tantes coses que estàvem atordits i l'últim que ens va arribar a l'ànima era que possiblement estigués en perill o volia que prestéssim molta atenció i va escollir fer-nos agafar una mica de por.

Tots dos estàvem, parlant i fent temps que acabes l'Andrew quan em varem trucar per telèfon...era el meu advocat:

– Què tal, com estàs? Com és que em truques? Doncs estem a Oxford, perquè que?, doncs la veritat és que no se quan podria estar a Londres, és urgent?, si estem junts solventant alguns temes per això et dic...home sobre les onze o dotze seria una bona hora, si? Doncs perfecte, t'espero demà a aquesta hora, adéu.

– Frederick, com has sentit, era el meu advocat, agafat a la cadira i ara quan li expliquem a l'Andrew ja veuràs, diu que el secretari del ministre de l'interior vol forçar una cita amb el Ministre, el mateix que l'Alcalde d'Oxford amb vosaltres, per parlar d'aquest tema i és clar, l'advocat primer vol parlar amb tu per saber que hauria de dir, però què naturalment sense el teu consentiment no farà res, li he dit què demà sobre les onze truqui per parlar amb tu, però i jo de que he de parlar amb l'advocat, millor que hi parlis tu no?

– No Frederick, has de parlar tu i si vols, amb el mans lliures, així podem sentir tota la conversa

– Qué passa? què passa? deia l'Andrew.

– Doncs mira, que acaba de trucar-me el meu advocat per dir-me que el secretari del Ministre de l'interior francès vol parlar amb ell i clar, pròpiament l'advocat amb el Frederick, que a la fi, és el seu client al qui representava.

– Òndia...!!, això no para!!, a veure, abans de tot, teniu un pendrive per cada un. Ara a guardar-lo en un lloc segur si us plau.

–Val, doncs tranquils i a esperar un parell de dies a veure quines novetats es presenten, però el que és segur és que estem fent un soroll bastant fort, no creieu?

Una altra vegada pizzes i cerveses i després d'explicar alguna anècdota i riure una mica vam anar a dormir, però avui no calia pressa.

Sobre les nou i mitja estàvem tots a la cuina esmorzant i l'Andrew amb l'iPad mirant el seu treball publicat el dia anterior a la tarda que es repetia a la versió matutina, estava a la segona fulla i el títol realment era espectacular:

«MATRIMONI ANGLES EXEMPLAR, IGNORAT PER L'EXECTIU D'OXFORD.»

Quatre columnes que, materialment, omplien tota la fulla; impressionant per la quantitat de detalls que relatava, realment algun responsable d'aquest fet hauria de sentir-se avergonyit. I era el mateix text que estava publicat al diari Francès., amb raó va tenir efecte immediat a França.

–Què tal? Us agrada l'article?

–Molt Andrew, molt, i la prova és que ahir mateix els francesos ja es van posar en contacte amb nosaltres a traves de l'avocat, ara veurem què passa. Andrew, ara trucarà l'advocat que diu que vol parlar amb el Frederick, que et sembla si millor el deixi parlar a veure què vol o necessita i després anem veient?

– Dons sí, el millor efectivament es deixar-lo parlar i després veure que es fa.

Estàvem prenent el cafè i em va trucar l'avocat –
Hola bon dia,...si el tinc aquí, ara es posa, té
Frederick és l'advocat (jo li havia posat els mans
lliures).

– Hola què tal?, ja sé per Anthony que hi ha
novetats no?explica'm..

– Doncs sí Frederick, aquesta tarda a primera hora
tinc entrevista amb el secretari i Ministre, no sé
que volen però que estiguis tranquil que no donaré
cap resposta afirmativa. Però també et volia
preguntar si en cas de que ho demanessin, podries
desplaçar-te fins a París?

– Home no sé, en el moment que m'ho diguis
suposo que sí, però si es pot evitar millor no venir
(tant Andrew com Jo vam aplaudir aquest
comentari).

– Perfecte doncs, de moment res més,   ja
t'informaré que surt d' aquesta reunió.

–Molt bé, gràcies.

–La Joanna!!, no hem trucat a la Joanna, la truco i
li dic si dinem junts, si?

–Joanna què tal? Com estàs? Com van els treballs
al Cementiri? Ja estan? Caram si què apretas no?
Ha quedat bé, oi?

Doncs què fas.. vens?...no? ...val pues parlem demà al mati per dinar junts, d'acord, molt bé adeu fins demà.

–No pot venir i diu què ja està tota acabada i ha quedat molt bé, si voleu i tenim temps demà al matí sortim més d'hora i anem a recollir a la Joanna i anem junts al Cementiri, val?

–Perfecte, anem a dinar com sempre al restaurant del diari? Sembla be?, doncs vinga anem.

Estàvem asseguts a taula esperant el dinar quan es va acostar un senyor i va dirigir-se l'Andrew, li va dir que era un mal parit, que l'havien fotut fora del diari per culpa seva i que no li perdonaria mai.

– John, ara ves al teu amic Alcalde que et doni feina, si pot ser de xivatà. Et quadra aquesta feina i no em tornis a dirigir la paraula sinó et faré detenir per la policia. No patiu per mi, sé en quin món estic i tot el que comporta...sempre s'han de tenir els ulls i, sobre tot, les orelles ben obertes. Va dinem, que per això estem aquí, bon profit.

Després de fer la sobretaula estàvem com una mica desplaçats i no sabíem què fer, així què varem sortir a caminar una mica perquè ens donés una mica d'aire fresc, estava a punt de ploure i feia una mica de fred. En Frederick va dir d'anar cap a casa i a tots dos ens va semblar molt bé. Una vegada a casa en Frederick i jo vam mirar una pel·lícula.

—Andrew tu què fas?

– Jo al despatx, per avançar el treball, com mes ràpid el tingui més tranquil estaré, crec què hi ha cerveses a la nevera. Ja era bastant tard i vam posar les notícies.

—Anthony mira...–va dir-me Frederick– a les notícies estaven comentant l'article de l'Andrew. El vam cridar que vingués ràpid, estaven parlant de l'article que tu has escrit i publicat al diari, després d'acabar el comentari van continuar dient què el Sr. Robinson, alcalde de la ciutat, el proper divendres faria un acte de reconeixement al Sr. Frederick Lois a les dotze del matí al Consistori, l'acte serà públic i hi podrà assistir qui vulgui.

– Andrew!!! va dir en Frederick...que dius? us he de dir que sembla que estigui en un núvol.
A l'Anthony el truquen per telèfon: – digui...si!! hem vist la notícia Joanna..estàs sorpresa oi?, nosaltres també...molt contents tots...si..si molt bé, bona nit Joanna, fins demà.

– Molt bé, fantàstic va dir l'Andrew, torno al despatx, jo no menjaré res perquè he agafat la directa i no vull deixar-ho, vull dir, que si aneu a dormir res, doncs fins demà.

A l'endemà l'Andrew estava a la cuina prenent cafè i mirant com sempre les notícies amb el seu iPad

— bon dia, què tal?

— Molt bé, has dormit bé?

— Si...poc, però intensament....no, és què vaig anar a dormir bastant tard, però és que he acabat el treball, està a punt per sortir a la llum. Doneu-me els vostres pendrive perquè hi copiaré el treball definitiu...Gràcies, preneu cafè i jo faig les copies — cinc minuts — Aquí teniu, una per cada un, son iguals i si us plau, ben guardades. No, no es què tingui por de que passi res, però més val ser previsor.

— Andrew es que tems que et passi qualsevol cosa o que robin tota la informació que tinguis a l'ordinador?...

— Anthony la veritat es que sí, tinc una mica de por perquè això crec que s'escapa de les meves mans i pot ser brutal la repercussió, aleshores penso que morta la font, ja no hi ha aigua... entens?, en fi, ara no ens hem de posar melodramàtics, acabem d'esmorzar i després a veure que fem.

No va passar ni un minut quan truquen a l'Andrew....

– Digui'm, si digui'm..qui?..ah sí, ok, divendres a les deu en punt estarem allà. Molt bé, adéu. Frederick, Divendres a les deu al Consistori, l'Alcalde t'espera...d'acord sí, a tots dos...jajaja

– Mare de Deu, quantes emocions.....veurem què en surt ara d'aquesta, a veure què diu el Sr. Alcalde....

– Què tal si truquem a la Joanna i dinem junts? Qui truca? Doncs truco jo mateix.

Estava marcant el número de telèfon de la Joanna i entra una trucada, era el meu advocat – Bon dia què tal? Tot bé?...sí? Val ara et passo amb ell...té Frederick.

– Hola bon dia soc en Frederick, qué diu......què...??? i com ha estat? ja... ja..., això vols dir que és la força dels medis no?....si,si home també pesa el recolzament de l'ambaixador britànic, doncs et truco en mitja hora per donar-te resposta, d'acord? I moltes gràcies.

– Agafeu-vos!!!, el Ministeri de l'Interior vol fer un acte per assumir els errors i actuar intensament per detenir els agressors, però independentment hem de veure quan podríem anar a Paris, em farien entrega d'una quantitat com compensació per tot el què havia passat a territori francès (digues-li com indemnització)....

– i quina quantitat?.....

– 250.000.-€.....

– Bravo!!! tots vàrem aplaudir com si fos un teatre...molt bé!!

– l'advocat em deia que la resposta ha estat tant ràpida perquè els medis i la pressió de l'ambaixador Britànic han sigut determinants

– i què dius per anar a Paris?

– Doncs la veritat és que no podem anar, perquè aquí a Oxford també tenim molts compromisos i va fatal anar.

– Jo crec que tu com advocat i el meu representant podries assistir en nom meu i que els diners, féssim una transferència al compte de l'Anthony i ja està no?, què et sembla?
Abans que contestés l'Anthony, va agafar el telèfon i li va dir que la solució què jo havia donat era perfecta.

– després jo ja et faré un ingrés dels teus honoraris...

– no si us plau, ens has ajudat molt i t'ho mereixes i a més, gràcies.

– Val no es parli més, ja diràs com has acabat tot i si pots enviar algun reportatge o si algú fa un vídeo...

– D'acord, gràcies, adéu una abraçada.

– Aquí és on entres tu Andrew, que sense la teva col·laboració encara hi seriem, com aquell qui diu, al principi de la història...
moltes gràcies Andrew....no per això, sinó per tot el que estàs fent per mi i per tots.

– Frederick! Que vols que em posi a plorar? Jajaja, Anthony, tanca la boca....i truca a la Joanna...jajaja

– Joanna bon dia, et recollim a la una i mitja, va bé?, ok fins després.

– Quan vulgueu sortim al carrer a respirar i recollir a la Joanna, val?

Vàrem recollir a la Joanna i l'Andrew va dir d'anar a un restaurant que tenia taules a la terrassa i feien carns a la planxa i una bones amanides – a tots us agrada la carn? ok, doncs Anthony gira a la dreta i ves recte, després et vaig dient....

El lloc era molt alegre, però estava ple de gent, l'Andrew va parlar amb el cambrer (que després vam veure què era el amo) i de seguida li va dir... a aquella taula de la cantonada estareu tranquils i podreu fer un bon àpat i parlar de las vostres coses, t'agrada? Andrew li va donar la mà i vam seure a la taula....perfecte!!

Durant el dinar li vam explicar totes les novetats a la Joanna i al final semblava com si estigués una mica tocada del vi negre, que per cert, era boníssim, però és clar...amanides....carn....vi....més noticies, doncs clar estava ja qussi sense control, només feia que riure...!!!
Després de dinar van portar els cafès i ja per fi tot es va calmar una mica i la Joanna poc a poc va tornar a ser la de sempre...

– Què et sembla Joanna si quan acabem anem al cementiri per veure la tomba de la Devora i li fem una petita plegaria? Que us sembla a tots?...sí?, perfecte, doncs demanen el compte i marxem.

Al arribar al cementiri i la Sra. que ens va atendre el primer dia ens va reconèixer i va dir que mancava un quart d'hora per tancar, però que ja ens esperava, que anéssim tranquils.

– gràcies, tornem de seguida...

Molt bé, estava perfecte, havien fet com una espècie de tapa rectangular, just amb les mides permeses de la tomba, a la capçalera hi havia una placa gran amb el nom d'ella i les data de naixement i mort, i al final d'aquest placa, a cada extrem, hi havia com un suport per si es volia posar un gerro amb flors, molt maco i la placa gran era de marbre com beige, com el color de la terra suposo, perqu no fos massa ostentosa...perfecte.

El Frederick i tots estem encantats de com havia quedat.

– Marxem? La Joanna va dir – sí, marxem – amb la mirada entre llagrimals. Vàrem portar a la Joanna a casa i vam despedir-nos fins demà.

Quan ja érem a casa nosaltres dos, estàvem una mica cansats, però l'Andrew era una màquina – teniu ganes de menjar? a la nevera teniu crec que fins i tot embotit per fer entrepans i poca cosa més, a part que demanem menjar xino, us agrada? Si?

Dons jo demano al meu gust, d'acord?,vaig al despatx i des d'allà faig la comanda i en un quart d'hora ho tenim aquí.

En mitja hora estàvem sopant i la veritat és que l'Andrew té gust en triar, perquè estava molt bo tot, vam riure, dir algun que altre acudit i al final ja havíem d'anar a dormir, quan l'Andrew va dir que demà seria un dia de descans, a no ser què sorgís alguna novetat, d'acord?

– Doncs vinga, tots a dormir, bona nit.

Com sempre, al matí l'Andrew estava a la cuina prenent cafè i mirant las noticies...

– Bon dia Andrew

– Bon dia Anthony, vols cafè? està acabat de fer.

– Sí, però no et moguis, ja el poso jo...mira...Frederick bon dia, vols cafè també?

– Sí, si us plau, gràcies, Andrew què tal? Cap novetat?

– Encara algú fa comentaris del meu escrit preguntant-se com el Consistori ha pogut arribar a aquest punt d'interès tan nefast, però res de nou.

Eren les onze i vam dir – i què farem avui?

Estàvem pensant i...truquen al telèfon de l'Anthony...
– Si...ets el millor, ara els hi diré, recorda el que vam parlar ahir, d'acord?, val ja parlem, adéu!!

– Afortunadament tornem a començar bé el dia, era l'advocat, que el Ministeri Francès accepta i farà la transferència la pròxima setmana, ell assistirà com representant i punt i final!! Un objectiu solucionat!!

– A veure, estic pensant un projecte que vull fer, però que ara no vull dir res, perquè em falta polir uns petits temes i aleshores us diré el que, això serà demà a la tarda, després d'assistir a l'acte del Consistori amb l'Alcalde.

– D'acord, a veure voleu venir amb mi? Vaig al diari per portar un treball...ja sabeu que jo no paro mai, després us ensenyaré les oficines, la redacció e inclusiu baixarem als tallers on son les màquines d'impressió....les rotatives, voleu?

– Sí volem i a més, crec que a tots dos ens fa molta il·lusió conèixer un diari per dins, de més de 150 anys, és un honor.

– Doncs vinga, anem.

Estàvem dins de les oficines i l'Andrew va anar a parlar amb direcció i ens va dir que voltéssim per tot arreu, ningú diria res.
Després de sortir del director, va anar a parlar amb un company seu que semblava el cap de redacció, també va estar una bona estona i per fi va venir on estàvem nosaltres, – perdoneu, va, anem a agafar l'ascensor per veure las màquines.

Impressionant, era una estància enorme i amb un soroll impossible de suportar, els treballadors anaven amb un tapa orelles per protegir els seus timpans. No sabíem quina tirada de diaris fan cada dia, però crec que deuria potser arribar al milió d'exemplars diaris.

Al cap de dos minuts vam sortir perquè estàvem sords....no es podia resistir aquell soroll tan fort. Una vegada al carrer, l'Andrew diu – teniu gana? Anem al lloc de sempre? Doncs vinga, però anem caminant...així farem gana.

Com sempre, en aquest restaurant és tan acollidor que et trobes com a casa, el dinar és molt bo, l'atenció també, a més et trobes amb la protecció de l'Andrew, que l'atenció és, si cab, millor per ser ell... en fi, estem passant un dia de moment molt tranquil, creuem als dits.

El noi va portar els cafès i unes copes amb la seva ampolla de Brandi de 10 anys... i l'Andrew, li diu...

– home estàs equivocat.. el Brandi no és per nosaltres...

– Disculpi Sr. Andrew ja sé que no han demanat el Brandi, però és un desig d'un client...

– Ah si?, doncs digues qui és per donar-li les gràcies....no va tenir temps, darrere del noi va aparèixer en John...

– soc jo qui us convida i a més demanar-te que em perdonis per tot el que et vaig dir aquell dia, a la fi tens tota la raó d'estar enfadat amb mi, em perdones Andrew?

– l'Andrew va mirar-lo i rient li va dir – va, seu amb nosaltres una estona, amb vosaltres....

– De cap manera, si us plau, mira Andrew, tu com bé saps tots estem sotmesos a molta pressió i els de d'alt o de fora....t'agafen per on tu saps i, o fas, o fora....i mira, a la fi per estar fora i amb un amic que l'estimo molt i m'ha castigat...

Però, explica'm què va passa, qui va posar-se en contacte amb tu?

– Mira, no sé amb quina excusa, però el secretari de l'Alcalde va parlar amb el Director, preguntant-li qui era el cap de redacció, i va venir a veurem un dia a la hora del meu descans, però això fa potser un any o potser més, dient-me que el Sr. Alcalde tenia molt d'interès i li constava que algun periodista estava fent un treball d'investigació sobre el Consistori, exactament no sabia el tema, però què li havien arribat aquestes informacions i si fos així, agrairia el Sr. Alcalde que el mantingues informat, però tot això a esquenes del Director. En definitiva, em va comprar. De tant en tant li comentava alguna notícia que altre amb relació al consistori per res, per part d'ells mai vaig rebre cap avís. I finalment, aquí tinc tota la culpa, li vaig fer el comentari del teu treball, però la veritat, pensant que tampoc li interessaria res. A més, ja saps el final Andrew, però t'he de dir que encara no sé veure quina relació té el teu treball amb l'Alcalde....no acabo d'entendre el fet.

– Doncs la veritat John, és que jo tampoc i perquè no van voler que es publiqués i ja saps que vam tenir una reunió amb ell i continuo sense saber el perquè de tota aquesta moguda, en fi ja ha passat tot. I tu ara què faràs, estàs a l'atur oi? Tens idea on aniràs a treballar?

– Sí, estic a l'atur i la veritat, es la primera vegada que estic en aquesta situació, perquè saps tu millor que ningú que fa onze anys que treballo al diari i ara estic completament desplaçat..no sé...

– Tranquil, que ja sortirà alguna cosa i més amb l'experiència que tens....John, nosaltres hem de marxar, gràcies per la copa i ja ens veurem.

Ja al carrer, caminant per recollir el cotxe, l'Andrew va veure una terrassa per seure una mica al sol....el poc que ja quedava per l'hora que era, va dir... – anem a seure a prendre l'últim cafè del dia i parlarem del John.

– Si si us plau, tres cafès...sí?

– Doncs aquest John, com us deia, poc a poc he vist que a la llarga, és una mala peça, jo sabia que estava comprat, però mira mentre no et toqui a tu....però mira per on, ara em toca a mi....jo no volia fer-lo fora del diari....jo al fons del tot ja sabia què passaria això, que pararien el meu article, però no és pel meu article...no, és per aquest senyor sap qui soc jo i sap en que estic treballant i també sap (què aquest està lligat amb l'altre treball) que un està lligat amb l'altre....cosa que el John no sap, per això no he fet cap comentari amb ell, jo ja he vist la cara què fèieu i us estic agraït per haver callat, per això ara us estic explicant els motius....aquest John es perillós per mi, ara ha vingut a demanar perdó, però jo ja us vaig dir fa uns dies que no em refio de ningú, no l'he rebutjat, perquè prefereixo què cregui que torna a ser amic meu, que no tenir-lo d'enemic. Per això dic que tingueu el pendrive ben controlat i si a mi em passés qualsevol cosa, el poseu a l'ordinador i al principi del pendrive hi trobareu el que heu de fer, sí amics meus, aquesta feina d'investigació és molt maca i segons com inclús perillosa, però té allò que t'enganxa.

Bé, per la meva part, punt i final a parlar jo, ara us toca a vosaltres......vam riure tots, però nosaltres dos teníem una petita mosca darrere de la orella. Punt i final...a casa.

– Què fem per sopar?, anem a un restaurant o preferiu passar per un lloc que conec, on fan menjar per emportar i així sortim de les pizzes, que us sembla?

Tots dos vam dir que perfectament el pla era bo...Varem recollir el cotxe i vam anar al lloc que deia l'Andew per comprar sopar i una vegada fet, a casa, després de sopar, ja tranquils i relaxats vam especular quin seria el discurs de l'Alcalde demà i al final, sense posar-nos d'acord, vam dir d'anar a dormir, doncs demà toca estar a les deu al Consistori.

A les vuit i mitja estàvem tots prenent cafè i unes galetes que tenia l'Andrew no sé de quin any, però sucades amb el cafè es podien menjar.

– Esteu preparats?, sobre tot tu Frederick, no parlis massa, més aviat que t'hagin de treure les paraules de la llengua, res de parlar de mi, soc una persona que has conegut a través d'un amic meu i res més, que no em coneixes de res més, jo no et deixaré en cap moment sol, sempre estaràs amb mi i si et diuen que volen estar sol amb tu, no dubtis i et negues en rodó, tu tens tota la confiança amb mi i a la fi, soc el teu representant, està clar?
Això és molt important Frederick, perdona que sigui fins i tot pesat, però vull que et quedi molt clar, després d'aquesta reunió entendràs el perquè insisteixo tant.

– Tu Anthony vull què hi siguis a primera línea del faristol, on farà el discurs l'Alcalde, d'acord? Vinga, doncs anem marxant.

Vam aparcar al pàrquing del Consistori, de seguida va venir el vigilant com un gos d'atura i deia que no aparquéssim aquí....tranquil home...tranquil, tenim reunió amb l'Alcalde, vol assegurar si us plau, som els sres. LOIS i....

– Ah sí!! perdonin, ja estic al corrent, perdoneu ja està bé el cotxe aquí.

Quan varem arribar a l'edifici, després d'identificar-nos, ens van dir on era el despatx de l'Alcalde, que endavant i varem preguntar on faria l'Alcalde l'Acte, a quina sala, aquí a peu de l'escala, ara posarien l'estora i el faristol...
L'Anthony va reaccionar de seguida i va dir: – mireu, aneu vosaltres a la reunió amb l'Alcalde i jo estaré per aquí esperant a l'hora i estar a primera fila.

– Oi que vostè m'ajudarà per poder estar a primer lloc, perque ja se sap aquests periodistes agafen tots els millors llocs....

– sí, no és preocupi, jo l'ajudaré a ser el primer en agafar lloc

– moltes gràcies, doncs vinga nosaltres pugem i tu Anthony, fins després.

– Entre una cosa i l'altra vàrem arribar gairebé vint minuts més tard, però jo ja volia això, doncs així, menys temps amb nosaltres a soles. Una vegada al despatx, el passant ens diu que prenguem cadira i de seguida arribava el sr. Alcalde.

– Bon dia Srs. com esteu?....(ens tractava de tu, bona senyal, això volia dir que volia bon ambient, no mal rotllo).

– Bon dia Sr. Alcalde, molt bé i vostè? Què tal, suposem què molt enfeinat no?, però doncs veiem què s'ha vestit d'una manera molt solemne.... (aquell detall vaig veure què li va agradar amb ell)

– Doncs sí, estimat amic, l'ocasió és mereixedora d'això i més, a la fi, és per reconèixer al nostre il·lustre Sr. LOIS. Si us plau, seieu. Els he citat primer per explicar una mica la idea d'aquestes declaracions. El motiu principal, és reconèixer per part del Consistori l'abandonament de la família LOIS i de totes las seves labors fins aleshores. Públicament donar-l'hi el nostre més sentit pesam per la pèrdua de la senyora LOIS i fer-li entrega públicament d'una compensació econòmica per tota la desfeta de la seva vida i la seva labor professional aquí a Oxford. Bé fins aquí, tot clar oi? Jo, si em permeteu, primer amb la meva locutoria seré qui ha organizat aquest acte de reconeixement però després de una manera molt sutil, no amb faré càrrec ni culpable d'aquests fets ocorreguts fora del meu mandat com Alcalde. Però com a tal, em sento obligat a fer aquesta declaració. Aquesta es l'aclamació que volia fer abans d'hora per tenir la vostra aprovació.

L'Andrew va mirar al Frederick i va assentir amb el cap, li va dir a l'Alcalde que perfecte, trobem justa aquesta puntualització, doncs a la fi, ell no era Alcalde quan varen passar els fets i es reconeixia la intenció de l'acte.

L'Alcalde va fer un gest de satisfacció i agraïment.

– Ara falta dir la quantitat de la compensació, que us torno a agrair que no hagueu preguntat quina seria, perfecte sous uns senyors. I així esteu demostrant tot el que feu. La quantitat serà de 500.000.-€...està bé o no? cobreix les vostres expectatives?

El xec li entregaré a vostè sr. LOIS abaix, durant l'acte, d'acord? Aleshores, si tot està correcte, anem marxant, podem baixar a peu per l'escala, que jo baixo de seguida, doncs quasi son les onze, fins ara, el passant els acompanya.

Quan arribàvem abaix d'aquesta escala meravellosa, l'Anthony va fer un gest d'aprovació i nosaltres amb un somriure, ell va entendre que tot havia anat bé, però el que no sabia era l'import del xec.

Hi havia un grapat de periodistes esperant l'Alcalde i a nosaltres, sobre tot al Frederick.....(jo li vaig fer un bis a bis dient-li que estigués callat)...va entendre-ho ràpid.

Com és natural, els periodistes no paràven de fer fotos i preguntes, però jo intentava protegir al Frederick i afortunadament, al cap d'un minut, estava l'Alcalde també aquí.

– Bé Srs., Bon dia, anem a començar aquest acte de reconeixement del Sr. Lois per part del Consistori... – a punt d'acabar el discurs, l'Alcalde va fer un aplaudiment i li va dir al Frederic que vingués al faristol, una vegada allà, l'Alcalde li va fer entrega del xec com a reconeixement a la seva labor a Oxford.
Una altra mà de fotos i abraçades de tothom, que la majoria o tots, no coneixíem a ningú, però això es fa per sortir a la foto.

Una vegada ja estàvem tranquils i l'Anthony estava especialment content per l'import del xec (què després explicaria), es va acostar un senyor al Frederick i li va dir:

– Sr., em coneix? El Frederick se'l va mirar i de cop va dir:

– sí!! tu estaves al Laboratori treballant per mi....si tu ets....Jonathan!!!

Tots dos es varen abraçar d'una manera molt intensament.

– Mireu aquest era el més jovenet de tot ells, com passa el temps

– Hi tant que passa el temps, estic casat i amb dues filles, però vostè està com sempre...

El Frederick va mirar a l'Anthony...i va somriure.

– Jonathan, avui no, però m'agradaria veure't altre cop, tens contacte amb algú altre?

– si..si vol em truca quan vulgui i vindrem tots d'acord?

– Si...em faria molta il·lusió, donam el telèfon

– Tingui la meva targeta i m'alegro molt de veure'l. Ja ens veurem, bon dia a tots vostès.

Quan varem sortir del Consistori, estavem tots tres exuberants, molt feliços i jo personalment contentíssim per el reconeixement del Frederick, es mereixia aquest acte per tot el que havia passat, la pèrdua de la seva dona, laboratori...i tota la resta...l'Andrew també estava molt content...jo recordava els primes dies que vaig conèixer al Frederick al banc del parc...com havia canviat tot. En aquest moment, el Frederick va dir....

– ens hem oblidat de la Joanna !! la truquem per dinar junts i explicar-li totes les novetats?

Perfecte ara mateix la truco.. – Joanna venim a buscar-te per dinar junts i explicar-te...ah si? Has vist la declaració de l'Alcalde per la tele?.....doncs vinga arreglat que et recollim en qüestió d'un quart d'hora. Som-hi anem a buscar-la i l'Andrew pensa un lloc per dinar..

De seguida la varem recollir i l'Andrew va dir per on havíem d'anar fins arribar al restaurant. L'Andrew per telèfon havia reservat taula, al entrar ens varem portar a taula i després de seure tots quatre vam riure i ens vam felicitar mútuament tots...estavem molt feliços tots...

– Jo inevitablement vaig dir...escolteu si us plau...recordeu aquella frase per mi amb tant de significat que em va dir el monjo al monestrir de Potala, al Tibet: *La felicitat no es porta a la cara, es porta a la teva ànima.* Dons ara jo em trobo així, no sé vosaltres...ells es van mirar i van dir-me que també...Està bé, m'esteu donant peixet....jajaja Vinga a veure que mengem, que tinc molta gana i suposo que vosaltres també.

Teníem un dinar la mar de tranquil, apart que tot estava molt bé, potser l'estat d'ànim hi col·laborava, però la veritat es que vam arribar al cafè, que ningú es va adonar que va ser un dinar perfecte....

– A veure, ara vull que tothom m'escolti amb molta atenció a tot el que vull explicar d'acord?

– Però Anthony...ningú pot participar del que diguis?....

– No Frederick, quan hagi acabat , aleshores sí, val?
Mireu, ja fa temps que vaig prendre la voluntat de fer un canvi a la meva vida, alliberar-me de l'estrès i preocupacions i aconseguir ser feliç, com la famosa frase...sí, després del viatge em vaig proposar viure d'una altra forma, no cal tenir el cervell sempre en guàrdia...hi ha altres coses al món.
Vaig directament a la meva idea....vull crear una fundació, aquesta fundació es dirà ÀNIMA FOUNDATION,
Sí, esteu sentint bé, li he donat moltes voltes, però estic convençut que em farà ser molt feliç, amb l'esperit amb que la vull crear, l'ànima d'aquesta serà exemplar per molta gent que podria fer coses com jo vull fer, però no les faig. La dedicació d'ÀNIMA FOUNDATION al seu moment, la comunicaré a vosaltres que evidentment sereu els primers en saber totes las interioritats d'ella. Fa bastant de temps que el meu advocat, tu ja el coneixes Andrew pel tema del Frederick a França, que porta la organització junt amb els meus assessors de finances i a més, amb un broker de molta confiança per part meva, que pogués

realitzar aquest somni. Què pinta aquí un Broker?, doncs perquè està buscant un comprador per tots...tots els meus negocis i independent també per la immobilitzaria que tinc...algunes vi-vendes, un local, les instal·lacions d'una fàbrica abandonada (representa només l'estructura), que està en molt bones condicions i no sé, alguna altra cosa més que potser em deixo i ara mateix no recordo. Tot aquest projecte calculo que quan tornem estarà apunt per fer-lo realitat....i fins aquí!!!....què tal? Ara ja podeu parlar i fer preguntes......jajaja naturalment, l'Andrew va ser el primer...

– Anthony, aquesta idea és meravellosa i denota que ets molt gran com persona i no dubto que l'objectiu d'aquesta Foundation serà d'admirar. Però es necessiten molts diners Anthony, per fer actes d'altruisme o ajuda a projectes o...perquè sinó, l'Estat en quatre dies farà una auditoria i se la menjarà amb patates....
Per últim, en aquesta Foundation, pot participar qui vulgui?

– Andrew, en resposta a la primera observació teva, sí, tinc sort perquè crec que podré comptar amb una molt bona quantitat per fundar-la i estic segur que tindré la sort que vull...!
Per quan a la segona pregunta...naturalment que pot participar qui vulgui, perquè això sí, totes les inversions i destinacions de patrocini o subvencions estaran controlades per l'equip

financer i per auditories continues, per allò què dius de l'ESTAT. Està CLAR..??

– Doncs Anthony, compta amb mi per fer una inversió, val?

– I jo també Anthony, tots els diners que tindré de França i els d'aquí....tots per la Foundation, jo no necessito res, mentre estigui amb tu i em vulguis al teu costat, ja estic content....jajaja

– Jo Anthony desgraciadament no puc col·laborar amb vosaltres perque no tinc possibilitats, però sabeu que estic a la vostre disposició pel que em demaneu....estimats amic i cosins, no podeu fer-vos a la idea del feliç que m'esteu fent.....
noi...!, porta una botella de cava Català que hem de fer un brindis.....
PER LA FOUNDATION.......xinxinxin

– Puc parlar? Va dir el Frederick?...vull fer un altre brindis, si queda cava.....
PER   ANTHONY   I   ANDREW....DOS
PERSONATGES   AMB
DOS.....xinxinxin.......jajaja

Al final, la Joanna no va ser menys i va fer altres brindis.....
PER   NOSALTRES
QUATRE....SALUT.....xinxinxin

Així va acabar la tarda, vàrem portar a la Joanna a casa i ens vam dir fins demà.

– D'acord fins demà a tots, adéu.

Vam arribar a casa i realment estàvem bastant cansats, però al obrir, de cop i volta vam tornar a la terra... havien entrat a casa de l'Andrew, havien regirat tot el seu despatx i totes les habitacions...tot potes en l'aire. De seguida l'Andrew va trucar a la Policia pel que havia passat i mentre tant, ell va repassar que faltava...falta el disc dur de l'ordinador, es a dir, la unitat, on hi ha tota la meva feina d'anys....era d'esperar, han trigat molt, va dir amargament l'Andrew.

Va arribar la policia molt ràpid, es va informar què havia passat i quan va passar, l'Andrew els va atendre, els hi va dir que no estàvem des d'aquest matí, que tots havíem anat a la comunicació que havia fet el Sr. Alcalde, deuríem haver sortit sobre les nou trenta i tornàvem ara, hem passat tot el dia fora, així que no sé dir-li quan ha sigut. La policia va demanar que vingués la científica per la rutina de les empremtes i poca cosa més.

Després de quasi dues hores, eren quasi les deu de la nit i la policia va dir que havia de fer la denúncia a la oficina de la Policia més propera de casa, però li va dir que si volia podia anar demà al matí, perquè ara era ja molt tard. Així va assentir l'Andrew i ells varen marxar amb tot l'informe fet. Asseguts a la taula de la cuina, tots ens miràvem però ningú deia res, fins què l'Andrew va dir que esperava aquest assalt i que menys mal que no estàvem a casa, perquè si no potser ens haguessin fet mal o que a mi m'assaltessin pel carrer, dintre del que cap és el millor que ha pogut passar. Ja deia jo que tenia la sensació de por...i no m'equivoco, però la sort és que vosaltres teniu, un cadascú el pendrive, perquè el teniu oi?

– Sí vam respondre tots dos, el tenim, no pateixis per això.
Doncs ara ens hem d'organitzar, demà al matí aniré a la policia, si voleu després ens trobem....

– No...!!, nosaltres sempre estarem amb tu, vagis on vagis, no Frederick?... – no cal ni dir això, sempre junts.

– Moltes gràcies amics meus, és d'agrair en moments com aquests, després de la Policia anirem al diari, vull parlar amb el director per explicar-hi tot el que ha passat i que pensa ell del que ha passat i després ja veurem que fem.

– Sí, hem d'anar al banc a ingressar el xec del Frederick, no és qüestió de tenir un xec a casa...si vols Frederick, crec que serà millor si obrim un compte al teu nom e ingresses el xec a aquest compte, i a més, quan tinguem el xec del ministeri francès, també l'ingresses, et sembla bé?

– Em sembla perfecte Anthony.

L'Andrew diu... – doncs perfecte, ja tenim el plà de demà, ara què tal una infusió i a dormir?, demà haurem d'aixecar-nos d'hora perquè a la oficina de la policia, en els temps que estem, potser trobem cua per fer denuncies...

A les vuit del matí estàvem tots prenent cafè, ningú tenia gana de menjar res, per tant vàrem sortir molt ràpid de casa, l'Andrew havia consultat la oficina mes propera de casa i resulta que la tenia al carrer de darrere, a uns dos quilometres. Per tant vam anar caminant, però al arribar i això que eren les vuit i mitja, potser hi havien deu persones, l'Andrew ens va deixar a la cua i va anar a parlar amb l'agent que estava a la porta controlant o no sé que feia, li va preguntar per fer la denuncia d'uns fets ocorreguts ahir al vespre, l'agent li va preguntar el nom i li va dir que un moment, va sortir i va dir que passés i preguntés per l'inspector, l'Andrew ens va fer una senyal i nosaltres vam anar darrere d'ell cap a dintre. Una vegada al despatx de l'inspector, varem seure tots tres i va arribar l'inspector.

– Bon dia, soc l'inspector Stewart, qui és de vostès el Sr. Andrew?

– Soc jo.

– Molt bé, molt de gust, li va donar la mà i va seure a la taula davant nostre, i vostès? Som amics meus que viuen a casa meva i no ens separem mai, pel que sigui...

– Bé, així que vostè és el periodista del Telegraph no?

– Sí així és, soc jo, què em coneix?

– Sí que el conec, m'agrada molt com escriu, és molt incisiu, el seu periodisme és d'acadèmia...molt bé! Si li sembla cridaré a un altern perquè a mida que vostè m'explica els fets, ell prendrà nota i així tindré la denuncia feta, li sembla bé Sr. Andrew?

– Inspector amb sembla perfecte, gràcies.

Va venir l'altern i una vegada aposentat va mirar l'inspector volen dir què ja estava preparat.

– Vol començar a intentar explicar que va passar ahir a casa seva, si us plau?

– Doncs sí, a veure nosaltres tres vam sortir de bon matí... bla.. bla.. i fi, ja no li puc explicar res més.

– Aixì que vostès, segons diu el Sr. Andrew, estaven a la declaració que va fer el Sr. Alcalde, qui és de vostès el Sr. LOIS?

– Sí soc jo, inspector Stewart.

– Vaja, primer li acompanyo en el sentiment per la pèrdua de la seva esposa i després el felicito pel reconeixement que li ha fet el Sr. Alcalde en nom d'Oxford.

– Gràcies inspector.

– Fa temps què son amics tots tres?

– A veure, va dir l'Anthony, amb l'Andrew jo personalment fa un munt d'anys que ens coneixem, havíem anat inclús a la universitat junts i amb el Frederick, fa poc que ens coneixem i curiosament hem conegut per una serie de coincidències que som cosins ell i jo.

– I vostè com es diu?

– Anthony Culligam i soc de Londres, visc a Londres ciutat.

– Molt bé, doncs només em queda expressar-los el gust que he tingut en conèixer-los a tots i al mateix temps expressar-li al Sr. Andrew que farem tot els possible per saber que ha passat i qui ha estat el desaprensiu que ha entrat a casa seva i li ha robat «tota la seva vida professional», si us plau altern, doni-li l'acta perquè el Sr. Andrew la signi i li dona còpia.

– Gràcies per tot Srs, bon dia.

Al sortir, tots teníem la boca seca, vam decidir buscar un lloc per prendre alguna cosa. Ja relaxats, l'Andrew diu.... – em sembla que estic paranoic i veig fantasmes o poder no hi siguin...que tal l'inspector Stewart?

– No sé, tots dos ens vam mirar preguntant-nos que volia dir?

– Què vols dir? Què hi veus tu?

– A veure, ja sabeu que soc molt desconfiat i no men fio de ningú, en un moment de l'entrevista m'ha donat la impressió que ja sabia el que havien robat, però no per l'informe, sino perquè ell sabia dels fets, no ha preguntat si havien robat diners...joies o què sé jo, enteneu el què vull dir....no sé potser si soc massa mal pensat.....deixem ara això, perquè la veritat i entre nosaltres, què hagin robat la unitat no té cap importància, perquè tot el contingut està «al núvol» i ho podré recuperar quan vulgui.

Val, ara anem a la segona etapa del que van dir ahir a la nit, al diari a parlar amb el director, a veure què diu.

Perfecte ens acabem això i marxem...li sona el telèfon a l'Anthony i al contestar... – si el tinc al costat meu, de part de.... té Frederick... és el Jonathan...

– Hola Jonathan, que tal? Digues...avui? Home si vols a mitja tarda potser si, però he de consultar primer amb els meus companys...a tu t'estaria bé? doncs espera.. aquesta tarda tenim moltes coses a fer? Perquè aquest noi voldria que ens veiéssim...

– el que queda per fer és...anar al diari i després anar al banc per obrir compte al teu nom, es d'hora, si voleu primer passem pel banc que hi ha una oficina al costat del diari i després al diari i després a dinar....i fi....jo diria que sí, cap problema Frederick,

– ok Andrew, parlo amb aquest noi. Jonathan, a veure, tu coneixes el restaurant del diari Telegraph? (Andrew i Anthony amb la mirada vam ferme ok) Si?, doncs mira, sobre les quatre t'esperem allí... fins després, adéu.

– Val, acabem i anem a per tot el que ens queda per fer, hem d'anar a agafar el cotxe, recordeu que hem vingut caminant a la oficina de la policia......jajaja Va som-hi.

Van decidir que era millor deixar el cotxe a l'aparcament del diari i anar caminant al banc i després al diari.... Ok, així vam fer, al banc vam obrir un compte a nom del Frederick, però ell mateix va dir també el meu nom. Ok, vàrem ingressar el xec del consistori de 500.000.-€ i llestos, feina feta. I ara al diari, notava què l'Andrew tenia molt d'interès en parlar amb el director.

Vam fer igual què l'altre dia, l'Andrew va anar al despatx del director i nosaltres per la redacció. Anàvem curiosejant i un empleat ens va fer senyals que vinguéssim – Hola, vosaltres sou amics de l'Andrew oi?

– Doncs sí, perquè pregunta?

– Diuen que aquesta nit han entrat a casa seva i li han robat tot, inclòs l'ordinador....

– Qui li ha dit? Com sap això?

– Les notícies corren molt ràpid i més en el nostre mon, saben qui ha sigut?
– No, no sabem res, ha fet la denuncia a la policia i fins aquí, vostè pot donar cap idea?

– Digues-li a l'Andrew si té temps que vingui a veurem, d'acord?

– Molt bé, així ho farem.

Vam acabar de donar una volta, fins que vam veure que l'Andrew sortia del despatx del Director, el varem cridar i va venir a nosaltres.

– Andrew aquell Sr. diu que si tens un moment vagis a veure'l, és sobre el robatori d'aquesta nit.

L'Andrew ens va mirar molt escèptic i va anar... van saludar-se, perquè evidentment es coneixien i van parlar cinc minuts, van despedir-se i l'Andrew amb una cara molt seriosa, la mateixa que quan va sortir del despatx del director, vam sortir al carrer, semblava com si l'Andrew tingués molta pressa perque caminava molt depressa fins que li vam dir...

– Andrew? Què passa?

L'Andrew en aquell moment va baixar a la terra i va dir...

– perdoneu però.. he d'explicar moltes coses, anem al restaurant, agafarem una taula en un racó que estiguem molt tranquils i us explico.

Al restaurant vam buscar la taula i vam trobar una perfecta, estava sola sense cap més, ni a dreta ni esquerra, ni darrera ni davant...Vàrem seure i de seguida va venir el noi amb tres cerveses, l'Andrew va dir-li al noi, ja et direm que vinguis per demanar el dinar ok?, gràcies.

– A veure, tinc tot de mosques darrere l'orella i quasi estic convençut que el director ha tingut alguna cosa a veure i només em faltava el comentari que ha fet aquell home que vosaltres heu parlat, el director sabia que només van robar l'ordinador..la unitat!!, jo encara no li havia dit res, no ha sortit en lloc, cap notícia als diaris...ell ha volgut saber si tenia molta informació guardada i algun treball imminent per publicar i si era molt espectacular...amb gent implicada....massa detalls....com si en el fons sabés de què parlava. Jo no li he comentat mai el treball que estava fent precisament pel perill que pensava que estava exposat i mira per on. Però el punt ha estat quan aquell tio em diu que creu que ha sigut el John qui s'ha encarregat de tot amb la col·laboració del director i un individu acostumat a fer aquestes feines. Ara el meu dilema és si vaig a buscar al John o vaig a la policia per explicar els fets, cosa que no confio o el millor crec seria contractar un detectiu per que faci el seguiment del John. Que tal, què opineu?

– Mira Andrew, la última crec que és la millor i si el pots contactar ara, millor que més tard..que dius Frederick?

– Jo faria el que dieu i ara mateix, si tu tens algun conegut el trucava ara....

– Sí que el tinc i molt bo a més... creieu que és el millor?, doncs perdoneu... – Hola pots parlar..no?, val acaba i truca'm, és molt urgent, gràcies.

No va tenir temps de tancar el telèfon qur ja estava trucant el detectiu...

– mira Rolf, ahir a la nit van robar-me a casa meva i van prendre la unitat de l'ordinador, portava tota la meva informació de diferents treballs que tinc entre mans, crec que sé qui ha estat i treballa per algú que també sé qui és, ara per whatsapp t'envio la foto, el nom i l'adreça d'on viu, és molt urgent perquè encara no haurà tingut temps d'actuar, d'acord?, i la persona per qui treballa és el director del meu diari....sí...ja saps que quan em pica la orella no cal que em rasqui....jajaja, Rolf, ja hauries d'agafar el cotxe,..gràcies moltes gràcies, ja diràs, una abraçada.

– No sé si tinc gana, perquè l'estómac el tinc....

– Normal Andrew, demanem alguna cosa lleugera i si després tenim gana berenem...com els nens....

– Va Frederick, demana tu el dinar...aquesta vegada et toca a tu....vinga....

– Andrew, després de dinar, et diré una idea que m'ha vingut al cap, doncs asseu a explicar tots els teus dubtes, va explica-la ara, és igual que estiguem dinant...

– També tens raó, mira, tu amb la empenta que tens i l'olfacte prodigiós, tots els teus consells interiors teus els hi has de fer cas i jo veig que en aquest moment no et fies de ningú...estic parlant del teu treball...la idea és la següent, canvia la teva residència a Londres i vens a viure a casa meva, és gran, ja ho sap el Frederick, tindràs el teu despatx exclusiu per tu i de passada no tindràs domicili on et puguin localitzar.
Una vegada a Londres, contactes amb el diari que creguis oportú i ofereixes el teu treball, amb domicili a un apartat de PostBox.
Què et sembla? Estaràs completament incontrolat, ningú sabrà on estàs, però el fet més important es que no estaràs a Oxford, fins i tot pots canviar el número de telèfon per un lliure.

– Anthony...ets un CRAC!!, ESTÀS SEGUR QUE FARIES AIXÒ PER MI??

– Andrew, poses en dubte el meu oferiment? Va... a dinar!!

– Frederick...què??

..i vam riure tots tres, semblava que tornava la tranquil·litat altre vegada... Estàvem prenent el cafè i arriba l'ex-empleat d'en Frederick, en Jonathan

– bon profit, perdonin si vinc molt d'hora, però és que tinc moltes ganes de parlar amb vostè.

– no passa res, ja hem acabat de dinar, vols un cafè?, seu Jonathan, explica'm tant d'interès, que has de parlar amb mi, apart de recordar vells temps. Com et va la feina en aquest laboratori on estàs treballant?

– Doncs bé, molt bé, com sempre investigant i prou. Per cert, ara ha de venir un altre company meu que vostè també el coneix....mira, ja està aquí (va aixecar la mà), però de seguida el va veure...acostant-se a la taula en Frederic va dir.....

– clar que el conec!!! Marc!...hola Marc...com estàs? Esteu fent-me molt feliç i tinc ganes fins i tot de plorar d'emoció......jajaja varem riure tots....

– Vinga dispareu, què passa? Què voleu dir-me...ara no parla el Sr. Lois, parla l'amic amb una edat, però a la fi amic...què passa?

En aquell moment volia fondre'm....la meva idea la estaven exposant aquells dos nois...jo Anthony, com podia imaginar aquesta idea i que vinguessin a exposar-la ells.

El Marc em va mirar i em va preguntar – Sr. es troba bé?...

– Sí..sí, em trobo molt bé i després del que voleu parlar amb el Frederick, més encara..

El Marc va mirar al Jonathan i van començar a parlar...

– Miri Sr. Lois, permeti'm que li parlem així, vostè ha influït molt a les nostres vides, de nosaltres dos i cinc amics més que estem treballant junts, tots del seu laboratori.
Quan vam saber que vostè estava viu i aquí a Oxford ens vam proposar de veure'l fos com fos...
jo no soc gaire xarraire, el Jonathan potser una mica més, però és igual, volem dir-li una cosa, per casualitat té ganes de tornar a tenir un laboratori propi altre vegada?, li faria il·lusió?
Nosaltres tenim una proposició per fer-li..cada un de nosaltres tenim uns petits estalvis que estaríem disposats a donar-li pel nou laboratori i a més, estaríem treballant tots, tot l'equip sencer, sense cobrar un any. Jonathan, em deixo alguna cosa? No?

El silenci crec que va ser etern...els cinc estàvem callats com si estiguéssim dormint.....inclusiu l'Andrew.

– El Frederick, no sabia que dir......nois, em sento molt orgullós per aquesta proposició, però no sé si tinc l'empenta suficient per fer aquest projecte...és molt ambiciós i costós.

– Perdoneu, però ara entro jo....Quan tu m'has preguntat Marc si em trobava bé i jo t'he dit que sí, que estava bé. Però el motiu era que ja sabia el tema de la vostra conversa, sí, jo ja sabia la proposició que li volia fer al Frederick, evidentment no els detalls, però sí la idea principal.

– Permeteu que em presenti, em dic Anthony Culligam i apart d'amic, soc cosí d'en Frederick. Jo fa uns dies, amb els meus amics aquí presents, els hi vaig comunicar que estava consolidant la creació d'una fundació, l'Ànima Foundation, però no els hi vaig comunicar l'objectiu d'aquesta i que ara, aprofitant el moment, comunico a tots...
La creació d'uns laboratoris dedicats a la investigació de enfermetats minoritàries (com es diuen ara «rares»).

El Frederick tenia els ulls que estevam a punt de plorar, li vaig agafar la mà i li vaig dir

– ...si amic meu, aquesta és la idea des que et que conec..

Inclusiu he de dir que tinc unes naus en molt bon estat on es podrien instal·lar els nous laboratoris.

El que sí he de dir, i si el Frederick accepta el vostre oferiment, haureu d'instal·lar-vos a Londres. Doncs per mi ja he acabat la meva intervenció...

de nou un altre silenci......

– L'Andrew va dir-li al Frederick, jo no sé el que penses tu, però jo penso que l'Anthony és un capsa de sorpreses....increïble...!

Com si tots ens poséssim d'acord, vam esclatar a riure emocionats i aplaudint... l'Andrew diu cridant.... – noi porta qualsevol cosa per fer un brindis...molt emocionats.

En Jonathan va dir... – doncs bé, podem pensar que compten amb nosaltres?, per la qüestió d'anar a viure a Londres, cap problema, quasi tots tenim família allà.

– Frederick, doncs d'acord, podeu comptar que us cridarem per las noves instal·lacions.

– Si...i per viure tinc una altra idea que al seu moment faré el plantejament. Val, per mi està......perdoneu que em truquen per telèfon...Digui...ei..hola com estàs?...sí..aquí molt bé tots, di-guem...ah si? doncs val....no, espera, que et dono un número de compte i fas l'ingrés...és igual, al nom del Frederick o meu, gràcies, ...ah en màxim d'una setmana et trucaré per telèfon per veure'ns a casa per veure com està el tema de la Foundation....perfecte, adéu, una abraçada.

– Com imagino que sabeu qui era, el taló del ministeri Francès que ja el té, farà l'ingrés al compte nou...val? Doncs vinga, anem marxant?

– Sí, disculpin, nosaltres marxem, molt de gust a tots i arreveure, gràcies!!

Una cop sols i ja més tranquils de tantes emocions van recapitular....

– Crec què ara tenim pendent dues coses...l'Andrew i el Frederick van mirar-me intrigats.....quines son?
La primera parlar amb la Joanna per posar-la al dia.....i la segona i més important és que tu Andrew que penses fer?

– Què vols dir?

Vull dir si esperes cap resultat de l'investigador Rolf o si prefereixes que marxem tots a Londres, des d'allà tu pots operar igualment que aquí no?

– Doncs no ho havia pensat, però ara que comentes aquesta possibilitat, crec que estaré molt més tranquil amb vosaltres no?, el que si faré és comprar un telèfon lliure, així no podran controlar on soc, no tindrà ubicació i el telèfon que tinc jo ara el tindràs tu Anthony, però traient la ubicació, sempre pots dir que no saps on estic i que el telèfon te'l vaig deixar quan vaig marxar....què tal?

– Molt bona....si senyor. Doncs ara immediatament treu-li la ubicació al telèfon

– Fet Anthony. Anem a comprar el telèfon per tu i anem a veure a la Joanna?

– Ok, anem.

Una vegada comprat el telèfon normalet amb targeta de prepagament de 10.-€, agafem el cotxe i marxem a la casa de la Joanna.

Per telèfon.... – estem a sota de casa teva, baixes i anem a prendre qualsevol cosa, perquè hem de parlar amb tu....val t'esperem.

– Qué passa, cada vegada que ens trobem estic espantada perquè no sé per on sortireu....

– Saps cap restaurant o bar on puguem estar tranquil·lets i si tenim gana aprofitem i sopem junts?

Es va quedar pensativa.. un moment i va dir – si...a uns dos-cents metres hi ha un que està molt bé...

– doncs què tal? Anem on diu la Joanna....

Ens vam posar a caminar i la Joanna no sabia a qui mirar de nosaltres tres perquè estava esperam no sabia què...de seguida vam arribar, el lloc era molt petit, però molt de l'estil de la Joanna...tranquil i íntim, ella mateixa va agafar una taula lliure amb quatre cadires, de seguida vam seure i va venir la sra. per veure que voliem... – jo cervesa, jo cafè amb gel, jo un whisky i tu Joanna... – un cafè amb llet.

– Joanna preparat perquè hem d'explicar-te moltes coses....jajaja

– ai per deu!!, no m'espanteu eh?

– No bonica, tot és bastant bo....qui comença?

– Jo mateix.

L'Andrew va posar-se una mica seriós i va començar a explicar el seu problema a casa seva...després les sospites que tenia tan amb el director, com l'ex-company John i del detectiu....

– però Andrew, estàs molt tranquil no? Què t'esperaves aquesta situació i si et fan mal?....per favor quin patiment...

– Sí Joanna, ja esperava algun problema per allò d'aquella feina que estava fent, recordes?

– Sí que recordo, que inclús jo coneixia a un sospitós...no?

– Tranquil·la, no pateixis perquè està tot solucionat, ja veuràs...

– Continuo jo – ara li tocava al Frederick.....a tot això la Joanna tenia com una cara entre sorpresa i por.... – Mira Joanna, recordes quan vam anar a l'acte de reconeixement de l'Alcalde per la meva persona? Doncs una vegada acabada, va venir un noi que resulta que era empleat meu dels laboratoris...quina il·lusió. I avui ha vingut juntament amb un company a l'hora de dinar per parlar amb mi per oferir-se si algun dia obro un Laboratori per treballar amb mi....sí... molt emocionant, la Joanna estava quasi plorant d'emoció....veus Joanna que no tot son problemes...., però ara bé, una altre cosa que t'explicarà l'Anthony...

– Mare de Déu....espera deixa'm prendre el cafè amb llet perquè tinc el coll que no em passa ni la saliva...ja ja

– Vinga ara tu Anthony...acabam de rematar....

– Doncs vinga Joanna vaig a rematar-te...jo, ja fa bastant de temps que volia fer una Foundation...si..no obris tants els ulls que et cauran...i els aconteixements que estan passant aquí a Oxford estan precipitam tot. Quan arribi a Londres, firmaré i ja estarà feta. El motiu d'aquesta és per fomentar projectes d'investigació i ajudar a crear projectes sempre amb el mateix objectiu, la medicina, la Foundation finançarà la creació d'uns laboratoris amb la direcció del teu cosí.....

la Joanna ja no sabia que fer...riure ...plorar.. totes dues coses a la vegada!!!....

– A més, vindran amb el Frederick, aquests antics empleats que li tenen tant d'apreci.

– No puc més.. si us plau, deixeu-me descansar una mica i assimilar-ho tot, és massa per mi....

– fes...fes però encara no s'ha acabat....

– per favor!!! sigueu compassius per una dona què té la seva edat!!!

Va respirar una mica i al cap d'un minut...ella mateixa diu... – va, ja estic preparada....continua.

– Doncs va, però et prometo que és l'última sorpresa...

marxem tots tres a Londres!!..sí, sí, tots tres...és que l'Andrew no pot quedar-se sol aquí perquè tenim una mica de por per ell, i amb nosaltres al menys estarà acompanyat.

El que sí Joanna per favor, pren molta atenció el què et diré....

TU NO SAPS RES DEL ANDREW...ABSOLUTAMENT RES!! no crec que et relacionen amb ell, però per si de cas, recorda: RES de RES...d'acord?

– No m'espantis...creieu que està en el punt de mira d'algú?

– Mira, que sapiguem no, però això que ha passat era un fet anunciat i les sospites estan per tot arreu, per tant Joanna, perdona que sigui tan insistent, però pren-te això seriosament, no voldria que tu sortissis escaldada, cosa bastant improbable.

– Joanna, ja està...que et sembla tot el que t'hem explicat?....molt bé no?

– Doncs sí, estic molt contenta i molt feliç pel Frederick, perquè ha trobat un camí que per ell era impensable. Gràcies a tots dos per cuidar del meu cunyat, perquè jo pensava que fins i tot estava mort. I també, perquè no!! resulta que he guanyat un altre cosí i un amic, oi Andrew?

Després de tantes notícies, la Joanna va dir que no tenia gana, ara necessitava tranquil·litat per poder disfrutar de tot el que li havíem explicat. Aleshores vàrem decidir marxar i deixar-la tranquil·la

– ok, demà parlem, val?...adéu, bona nit Joanna,

– bona nit també a vosaltres.

Al matí estàvem tots tres a la cuina esmorzant, però ningú deia res...tots callats i pensatius, al final l'Andrew va fer el comentari de que li sabia greu la circumstància seva pogués influir en el estat d'ànim de nosaltres...

El Frederick de seguida va saltar dient-li que no tornés a dir això – al contrari, nosaltres estem molt agraïts de tota l'empenta que has donat i sense tu no podríem haver aconseguit el que hem aconseguit, si us plau Andrew..

– Té raó el Frederick, Andrew...per tant, fes el favor de pensar en positiu i que aquí tots estem per ajudar-nos mútuament, d'acord?
l'Andrew va somriure i no va poder dir res, perquè el trucaven per telèfon...

– Hola, digui....no, no puc venir, no estic a Oxford, digues que vols, a veure si et puc ajudar per telèfon, ah si?....no, no puc i possiblement estaré un parell o tres dies...però digues...explica, qui creus que ha estat?...perquè?, però t'ha ensenyat el disc dur?...aleshores?...ah...i quant et demana?...ja, però diguem perquè ha vingut a veure't a tu, no entenc res....diu que una altra persona li va fer l'encàrrec d'entrar a casa meva per robar el disc dur i una vegada feta la feina ja no li importava l'ús que fes amb ell i per això ha vingut a oferir-te'l a tu per si pot treure pasta...ja i tu aleshores en un suposat que li paguessis, què faries amb el disc?...ja me'l tornaries..? mira, de tot el que has dit no hi ha res que amb cregui, i a més, em posaré en contacte amb l'inspector de policia per explicar-li tot això, perquè de moment el John ha d'estar a la presó, i tu em donaries al disc gratis o hi haurà alguna condició? Val...mira ja tindràs noticies meves...adéu.

– La mare que el va parir.....està brut com la merda. Està actuant amb l'encàrrec d'una altre persona, que vol que se sàpiga qui és. La ubicació la vas treure oi Anthony?...vaig a trucar a l'inspector de policia Stewart a veure que hi diu....però abans, deixa'm trucar al Rolf, el detectiu a veure que en sap...

– Rolf, bon dia, soc l'Andrew, ah...ja em coneixes per la veu, val, diguem coses va...ah si?...va segueix...també ho sé...a veure repeteix....ah si?, doncs mira, jo casualment acabo de parlar amb ell i li he dit que parlaria amb l'inspector Stewart. Doncs vinga Rolf, continua, i si tens novetats truca'm, adéu.

– Perdoneu vaig a trucar a l'inspector i després explico tot...val?

– Si bon dia, vull parlar amb l'inspector Stewart, sí Andrew, gràcies.
– hola bon dia inspector, té cap novetat per dir-me?...no?, vaja doncs jo sí que tinc novetats...aquest matí he parlat amb el director del diari, en Churchil, perquè m'ha trucat per parlar amb mi, per explicar-me que li han ofert el meu disc dur que va robar-me a casa demanat diners, que faig? Aquesta persona es veu que té el meu disc dur, un tal John que havia treballat al diari...ja sap oi? Què diu, no sap res inspector?....no?!, pensa anar a buscar-lo per detindre'l?, perquè està clar qui va entrar a casa meva i va robar-me la unitat de l'ordinador. No...jo no vull dir-li el que ha de fer, però crec que està clar la persona que vol fer negoci amb una cosa que es meva i a més és que aquest disc conté tota la meva vida d'investigació, de periodisme, d'investigació...Sr. Stewart....?? D'acord, ja em calmo, val ja farà el que vulgui, gràcies., adéu.

– Quina merda tot, tot està tan embolicat, més del que jo imaginava...resulta que l'inspector no sap res i en Rolf que es limita a seguir al John, va veure com estava entrevistant-se amb l'inspector, després amb el director...i el més greu de tot, és que hi ha una tercera persona que mou tota aquesta merda...i voleu que digui qui és aquesta tercera persona...? Aquesta tercera persona és en James Wilson...Recordeu qui és?, aquest individu era regidor al Consistori d'Oxford, tenia la cartera de immobiliari i investigació, a més tenia o té uns Laboratoris....recordeu?

– Sí...recordem que inclús el coneixia la Joanna

– Ara aquest individu està com Procurador (d'Oxford) al Parlament de Londres. Crec que és la persona que està provocant totes aquestes mogudes contra la meva persona. Sens dubte està al corrent de l'homenatge al Frederick i sap que jo hi soc darrere d'ell, després de l'entrevista amb l'Alcalde Robinson. Per ell és fàcil trucar a l'Alcalde, policia e inclús al Churchil, perquè precisament aquest, no té principis de dignitat, és un corrupte, acaba de demostrar-ho una vegada més fa una hora amb la trucada per telèfon que m'ha fet amb aquesta proposició... Ara, el màxim seria provar el punt de connexió de Wilson amb el Robinson. Aquí és on entra el treball del Rolf.....vaig a trucar-lo.

– Escolta bé i no parlis...vull què trobis converses comprometedores entre Wilson i Robinson. Tinguis atenció amb les trucades, que no estiguis punxat...adéu. Amics meus...esteu vivint per culpa meva una vida una mica d'angoixa, ho sento molt, però en aquest món d'intrigues i poders, el que millor pots fer és el que tu dius Anthony, desentenen-te de tot i fer el que diu la teva ànima per fer feliços als demès i a tu pròpiament.

– Sí Andrew...tens raó en una cosa que es la última que has dit..però el demanar perdó per la vida què ens dones, això es una barbaritat, què dius...jo entenc què tens una professió magnífica i has d'arribar fins al final sinó, no series qui ets!!!! Ara que tal si comencem a parlar de quan voleu marxar cap a Londres....??entenc que tu Andrew has de fer un trasllat en tota regla i no has de deixar-te res, no?

– Tens raó, jo crec que si em doneu un cop de mà, en dos o tres dies ja podríem sortir.... Teniu ganes de sortir a dinar o demanem que ens portin xino o pakistanès que també és bo....què voleu fer?

– Frederick..demanem Pakistanès per conèixer que fan de preparats i ens quedem a casa pel que vulgui l'Andrew, d'acord?

– Andrew ja has sentit....organitzes tu el dinar....no sé si tenim per veure a la nevera...

Estàvem dinant, que per cert estava boníssim, i sempre quan més tranquil·litat vols, pitjor, sembla com si «algú» et controlés.. truquen a l'Andrew, tots vam parar de dinar al mateix moment aviam qui era...

– Digui...Sr. Robinson, quin honor que em truqui per telèfon el Sr. Alcalde en persona...i a què es deu aquesta trucada?...ho sento però no puc venir, no....és que estic fora d'Oxford, és urgent?, no, jo tornaré en dues o tres setmanes...no..no puc, però digui'm...no podem parlar per telèfon?...ok, imagino que si em truca vostè en persona és perquè és un tema personal i no vol que transcendeixi...ok. Ja sap que sé estar callat, doncs digui'm... perquè em demana això?...ja....l'estan pressionant des d'alts nivells...des de Londres. Però que té a veure aquest treball amb Londres?...ja entenc i com és natural, vostè no pot dir-me qui li està fent pressió no?..ho entenc. Li vull fer una pregunta Sr. Robinson, vostè apart de la responsabilitat com Alcalde i intentar per tots els medis respectar el bon nom d'Oxford, té algun altre interès que no surti a la llum aquest treball?, si us plau li demano...contesti'm amb tota sinceritat, és molt important per mi, jo sabré entendre qualsevol resposta que vostè em digui.
Si, recordo la conversa de la primera entrevista que varem tenir, que jo li recordava que vostè ni estava dedicat a la política.....i per tant era un mer espectador de tot aquell «afer»...és a dir que vostè es ratifica amb mi que està tenint aquesta conversa amb mi merament per defensar Oxford d'un possible escàndol monumental i per això em

demana què no publiqui el meu treball...però vostè sap que l'altre dia van forçar el meu domicili i em van robar exclusivament el meu disc dur on tinc tota la meva feina d'investigació d'uns quants anys enrere...què?!

què no en sabia res?, no el crec, és impossible que vostè no sàpiga res d'aquest fet...que em jura per la seva família que no sap res??, Sr. Alcalde, perdoni, però em sembla mentida...doncs una verdadera sorpresa, aleshores si vostè no sabia res i em truca per que no publiqui l'article i ara li comunico que he sofert un robatori a casa meva....vostè..que pensa fer ara?

– Doncs sap que em sembla Sr. Andrew?...que estan jugant amb mi, saben que jo li tinc a vostè molt estimació i aprofitant per veure si jo en trec alguna cosa.

– Sr. Robinson, li torno a preguntar.....pot dir-me el nom d'aquesta persona que segons vostè el pressiona?......Sr. Robinson contesti!!

– Vostè no el coneix Sr. Andrew....és inútil què li digui qui és....

– Provi-ho...diguim el nom ja...!!

– és en Wilson...!!

– Sr. Alcalde, jo ja sabia qui era....li vull dir per la seva tranquil·litat què li exonero de tota responsabilitat si algun dia aquest treball sortís a la llum.....gràcies per tot.

– Sr. Andrew...!!!!, no pengi si us plau, només una ultima cosa...li vull dir que vostè té tots els meus respectes com persona i com professional....i que sempre em trobarà al seu costat, gràcies per atendre'm, bona tarda.

– Que us ha semblat...?? cal que expliqui cap més detall de la conversa amb l'Alcalde...?? Està clara una cosa estimats amics, que a més estic molt content, tot i els entrebancs que trobo i és que el meu treball ja el tinc acabat amb la confessió del sr. Alcalde, tinc tota la trama i a més el dolent de la pel·lícula....jajaja. Ara ens hem d'organitzar, perquè «jo no hi soc a Oxford»...aleshores jo no sortiré de casa fins el moment de marxar, poc a poc anirem preparant les coses més puntuals per endur-me a Londres, controlarem si algú ens controla a fora per veure si hi ha moviment d'entrar o sortir, per suposat jo amagat...comprarem menjar on-line i si no ens vigilen anirem omplint el cotxe de nit, ok?

– Val, la cosa està calenta no? Però al mateix temps està apassionant....

El Frederick no obria boca, estava espantat...no era la paraula, estava a l'expectativa com aquell que espera per on sortirà la sorpresa...La resta de la tarda, poc a poc, la vam passar ajudant a l'Andrew per recollir..ell organitzava i nosaltres col·locàvem a uns roller què tenia ell, al final tot eren documents, historials etc., portàvem ja tres rollers i eren les deu de la nit....

Havíem demanat unes pizzes que las vam devorar i al cap d'una hora vam anar a dormir... – demà d'hora??, sí...a les vuit?, ok bona nit.

Després d'esmorzar jo vaig sortir a comprar el diari, però era per controlar si havia cap control.....el Frederick i l'Andrew van quedar-se per continuar replegant....

jo, amb el diari a la mà caminant per tot el carrer que feia la volta a l'edifici i la veritat, no vaig veure res de destacable.....

Al arribar a casa, va obrir la porta en Frederick i va preguntar-me si havia vist algú..... – no..perquè?

– Quan tu has sortir han passat cinc minuts i han picat a la porta preguntant per l'Andrew, jo he contestat que no estava i que estava de viatge fora d'Anglaterra, després ha preguntat quan tornaria i jo he contestat què creia que en un mes....Era un policia que s'ha identificat correctament, després ha dit que es posaria en contacte per telèfon amb ell, ha marxat i ja està.

– Doncs jo no he vist a ningú, haurem d'anar amb molta cura i el telèfon de l'Andrew, el de sempre, li hauries de treure el so, deixar-lo només amb vibració, seria massa que algú et busqués i en aquell moment precís sonés el telèfon......l' Andrew ràpidament va treure el so.

– Que, com aneu...digueu-me que faig...perquè ara em truquen a mi.... – hola què tal, com vas?...bé nosaltres també bé...ah si? Doncs trigarem una setmana aproximadament, potser menys ...ja tens tot?..també amb l'assessor financer?...ok, doncs prepareu tot per la pròxima setmana. A propòsit, ara que parlo amb tu, vull que recerquis tota la informació possible....però tota eh!! del procurador per Oxford al Parlament de Londres, d'un tal James Wilson, també és propietari d'uns laboratoris aquí a Oxford, quan estigui a Londres et trucaré i ja diràs, ok adéu i gràcies.

– Andrew, no està demès oi?

– Tot el contrari Anthony, tota ajuda és ben rebuda....

– ah Frederick i tu també Andrew, quan estiguem a Londres ja tindrem tota la documentació per fundar la ANIMA FOUNDATION..... A coro vam dir....BRAVO!!

Vam continuar replegant una mica més, però estàvem tots cansats i ja tocava sopar qualsevol cosa i a descansar.

Pel matí, després d'esmorzar estavem replegant i col·locant roba amb un dels trolleys, ja tenim un altre ple de documents, estava a tope....

– Andrew, sento vibrar el teu telèfon.......Diga'm Rolf, què en saps de nou?...ah si? Hi ha moguda entre el director i l'inspector.....i l'inspector i un altre que et sembla que treballa al Consistori...ok bé, procura el nom de aquesta persona que treballa al Consistori i quin lloc ocupa..., ja trucaràs, molt bé Rolf, Crec què aviat tancarem el cercle....vosaltres creieu que en Robinson col·laboraria amb mi?...veurem que passa si arriba el moment.

– Sabeu que se m'ha ocorregut?, l'hi demanaré al veí del costat que quan haguem de marxar a la nit em deixi posar el teu cotxe al la seva plaça del soterrani, així ningú veurà com carreguem i quan sortim, jo estaré estirat al terra...què tal?

– Molt bona idea Andrew, sí senyor...

– Quan creieu què estarem a punt? Penseu què demà podria sortir?

– Andrew, per la nostre part en cinc minuts tenim la motxilla feta,

– Doncs vaig a trucar al veí..... – hola bona tarda, soc l'Andrew...ah ja em coneixes, si...molt bé i tu també i la teva esposa?, me n'alegro.... vull demanar-te un favor, mira tinc uns amics a casa i se'n van demà al matí molt d'hora, tu tens la plaça del garatge ocupada?, perquè voldria què li deixessis per poder carregar el cotxe i dormir tranquils, no sigui què a la nit els hi buidin.....si? La tens lliure? Ens la pots deixar?....gràcies molt amable...aleshores mira ara et va bé baixar? perquè li obris la porta i li ensenyes la teva plaça...ok?, perfecte, ara mateix hi va per agafar el cotxe...és un Ford de color blau, moltíssimes gràcies, adéu bona nit.

– Arreglat Anthony, després que et digui on és l'interruptor per obrir la porta del garatge per sortir.
– Perfecte Andrew, ara hi vaig. Tot fet Andrew, a més aquest veí té la seva plaça al costat de l'elevador..millor impossible per carregar el cotxe.

Estava tot a punt per col·locar tots els paquets i rollers i marxar, així què varem prendre alguna cosa calenta i vam anar a dormir perquè demà seria convenient aixecar-se d'hora i marxar... – a quina hora?...a les set a la cuina? Perfecte, doncs vinga prenem això i a dormir.

A l'endemà estàvem tots tres prenent cafè a tres quarts de set, una mica nerviosos.. el Frederick va anar com aquell que diu a fer el xafarder mirant per la finestra a veure si hi havia algú controlant el moviments de la nostra casa..

– Què Frederick?... hi ha algú?

– ..no..sembla tot tranquil.

– Doncs vinga què fem? Comencem a carregar el cotxe?.. som-hi!!, Estava tot a punt i l'Andrew va fer una bona repassada per controlar si quedava alguna cosa pendent, va repassar que tot estigués ben tancat, l'aigua, el gas i al final va tancar la llum i la porta de casa. Ja érem tots dins del cotxe a punt de sortir del garatge, l'Andrew va estirar-se al seient del darrere i vinga sortim..semblava con una espècie de pel·lícula..jajaja sense cap novetat i al cap d'un quart d'hora ja circulàvem per l'autopista, aleshores l'Andrew es va incorporar seient bé i sobretot còmode, aproximadament en mitja hora arribem a Londres i farem el mateix, entrarem al meu garatge i pujarem per el interior que en aquest cas, no hi ha elevador perquè és el pis de sobre, son vuit escales i ja hi serem a casa...
Quan varem arribar, evidentment la Mary no estava, així que la vaig telefonar per evitar-li la gran sorpresa de que hi han dos persones a casa, un què ja el coneix, però ara altre no....

Una vegada a casa els hi vaig dir: – tu Frederick ja saps la teva habitació i tu Andrew aquesta serà la teva, que és una mica més gran i a més te un petit despatx, instal·lat i en cinc minuts anem al cotxe per agafar tots el paquets, ok? Sobre les dotze ja estava tot organitzat, tots al seu lloc i disposats a treballar. Entretant, jo vaig trucar a la Mary per dir-li que havia vingut amb un altre amic invitat més, que no s'espantés, tindria una mica més de feina i bé que ja parlaríem. L'Andrew, entre altres coses, volia comprar un ordinador nou i va dir de comprar-lo a Amazon però a nom meu, per allò de que no el localitzin amb la targeta...a mi em va semblar molt oportú. Ok, perfecte i a veure si l'entreguen demà, així podràs posar-te a treballar ràpidament, entra amb les meves dades que ja tenen la forma de pagament i la direcció d'entrega.

Entretant, jo parlaré amb el meu advocat per dir-li que estic aquí, a Londres. Però a tot aixó van trucar a l'Andrew....

– És el Rolf.....diguem.....si? Què ràpid no?, com es diu?...Tom Parker?, no el conec....ah si?.....quina casualitat....molt bé i quin lloc ocupa al consistori?.....segon ajudant d'urbanisme i fa que treballa al Consistori aproximadament divuit anys, perfecte Rolf, si tens cap més informació em truques, ok?, adéu i gràcies.

– Resulta que estava al vestíbul del Consistori i tenia al seu costat casualment aquest tal Parker i estava parlant per telèfon. Amb l'inspector Stewart de mi i li deia que ja no tenien que preocupar-se perquè havien desarmat al periodista i a més, sembla que ha fugit per por...

– Doncs sembla que ja hem tancat el cercle no? Després de dinar trucaré l'Alcalde Robinson per preguntar-li per aquest individu a veure que hi diu. Així acabarem de lligar fils.

– Doncs ara jo vaig a trucar...si puc...a l'advocat...jajaja – bon dia soc jo, com estàs?...sí ja estic a Londres, ah si?, doncs si vols venir aquesta tarda...sobre les sis.. et va bé?, perfecte fins després. Em diu que té coses per explicar-me del tal Wilson....vindrà a les sis. Tu ja hauràs parlat amb l'Alcalde oi?...Que dinem?..

– deixa'm mirar la nevera no sigui que la Mary tingui alguna cosa cosa..si te...però per una persona, per tant, o sortim o demanem precuinat?

Al costat de casa tinc un restaurant que fan tot molt bo, li vam preguntar si portaven a casa, va passar-me el menú per whatsapp i al cap de trenta minuts ja estàvem dinant a taula.

Després de fer el cafè jo al despatx tenia tota la correspondència que la Mary anava recollint de la bústia i l'Andrew va trucar l'Alcalde.... – vull parlar amb el Sr. Robinson....no, és privat, gràcies.

Hola bona tarda, soc l'Andrew...ah molt bé...a quina hora, val ja em trucarà vostè, perfecte, bona tarda, adéu.

Em diu que ell em trucarà des del seu telèfon privat.....vol dir alguna cosa no? La resta de la tarda va ser tranquila, el Frederick al sofà, l'Andrew organitzant el seu despatx i jo revisant papers, la correspondència endarrerida i després, tota la situació bancària dels meus negocis i els informes que tenia dels mateixos....en fi una feina i per últim, consultar on-line el saldo si era tot correcte al compte que tenim a mitges el Frederick i jo per la Foundation.

Els bancs tots correctes, el de la Foundation també i una comunicació dels Brokers què volíem tenir una entrevista amb mi el més ràpid possible. A tot això sento que truquen per telèfon a l'Andrew, és l'Alcalde, que tal Sr. Robinson, com està?......si jo també gràcies. no....estic fora d'Oxford...potser un mes com a mínim...no, de moment no tinc ganes de tornar, tot el que he viscut és molt desagradable per mi...si ja ho superaré, però pel moment tinc ganes d'agafar un temps sabàtic. Ja sí, és el millor.

Doncs és que li volia preguntar per un Sr. que treballa al Consistori de Londres, al departament d'urbanisme....sí..es diu Parker....Tom Parker....Sr. Robinson que em sent?...s'ha tallat?...ah, pensava que s'havia tallat la comunicació...el coneix?

Sí, què el coneix vostè i de què...no, jo de res, però fa temps em van arribar informacions que era un mal element i què estava protegit...però li parlo de fa molt de temps eh?, potser vostè ni el coneix

– sí...sí que el conec i com vostè diu bé, és un mal bitxo, estava protegit per un del Consistori que ara ja no hi treballa aquí, més val tenir-lo lluny....perquè et pot emmerdar en qualsevol moment.....no sé si m'extralimito, però estava en part lligat quan va passar tot el que li va passar al seu amic.

– ja...ja Sr. Robinson, doncs li estic molt agraït per la seva col·laboració i dir-li que quan arribi a Oxford el vindré a visitar sens falta. Bona tarda i gràcies.

– Què us ha semblat?, ja podem dir que està tancat el cercle, ara em falta tenir el nou ordinador i a treballar......

Espera que truquen a la porta, deu ser l'advocat...

– passa...passa, mira et presento als meus amics que ja t'he parlat per telèfon e inclusiu has parlat amb l'Andrew...Andrew, l'advocat Richarson i en Frederick...molt de gust Frederick...vostè és el dels laboratoris...no? – si... – tal com va comunicar-me el Sr. Anthony he estat investigant tot el periple des del seu laboratori fins passant pel senyor Wilson i al seu Laboratori a Oxford.

– Richarson, després parlarem d'aquest tema...Molt bé doncs una vegada fetes les presentacions, anem per feina, perdona, vols prendre alguna cosa?....no segur?, doncs vinga passem tots al despatx i ens asseiem. Richarson... comença per on vulguis...

– Doncs comencem...en primer lloc porto tota la documentació per signar l'obertura de l'ANIMA FOUNDATION, i l'informe fiscal junt amb tots els deures fiscals, tan obligacions com beneficis, una vegada els hagi repassat ja em dirà.

– ok, Richarson abans de continuar, perdona però no et vaig fer cap menció, però tant el Frederick com l'Andrew seran socis fundadors, les aportacions econòmiques ja te les comunicarem, d'acord?, et passaré per mail las seves dades i las quantitats aportades.

– Perfecte Sr. Anthony. Un altre tema, tinc la signatura Neumann Brokers esperant, li dono cita per entrevistar-se amb vostè i fer la valoració de tot el paquet com vostè desitja, pot dir-me alguna data?

– Si, miri la seva agenda i comptant des d'avui, el tercer dia digui'm una hora i jo li confirmo o busquem un altre hora, però el dia és correcte..

– Molt bé, el trucaré per concretar-la.

– I ara què dius del WILSON......tens novetats oi?

– Moltes....és tota una peça aquest Sr., no s'ha pogut demostrar com es va fer amb els Laboratoris FL, tampoc com va tenir un increment tan espectacular de patrimoni, però que sapigueu què va ser a la mateixa data o pocs mesos després del gran problema que va tenir el sr. Lois. I ara recentment, vull dir que fa molt poc temps ha creat una societat unilateral amb el mateix nom que els laboratoris JW, que viuen aquí perquè és un únic administrador i propietari, però amb tots els avantatges fiscals i ajuts estatals, no m'estranyaria que aquesta absorbís als Laboratoris...Aquest Sr. està a punt, segons les meves informacions, de comprar un gran espai a les afores de Londres, declarades com zona industrial (aproximadament unes 500 hectàrees) i una vegada sigui de la seva propietat, fer el canvi per poder edificar o el que li rendeixi més.

– I Richardson, sabem on està aquesta zona industrial?, tingui el meu ipad i amb Google Maps senyali exactament la ubicació, però amb seguretat si us plau.

– De seguida Sr. Anthony... a veure..miri..exactament aquí, delimitat per el Tàmesi, per aquest Parc i aquest complex comercial, amb edificis de luxe...molt bé....!!!

– Estimats amics meus i advocat...estem a punt de caçar a un gran estafador i mafiós d'Anglaterra i l'Andrew amb aquesta noticia que ha portat l'advocat que ni ell mateix s'imagina, tu ja pots posar la tanca d'or al teu treball...Aclareixo això que estic dient a l'advocat, amb aquest terreny que aspira aquest individu està situada una nau inactiva des de fa divuit anys i que es de la meva propietat i evidentment tinc tota la documentació en regla amb la dades de compra i a qui li vaig comprar, per poder demostrar, per tant aquí tens «la tanca d'or» Andrew, per completar el teu treball d'investigació i denúncia.

Ara Richardson vull fer-te un comentari.....per veure què és el millor a fer...t'explico a veure..Vostè sap què l'Andrew està fent un treball/ denúncia en el que el denominador comú és aquest Sr...la pregunta: que seria més espectacular...

1er. Que surti jo declarant la propietat i per tant no pot comprar tota aquesta zona, perquè la nau te una extensió de terreny al seu voltant..

2on. Deixar fer i quan faici la puja en la subhasta...perquè existeix subhasta no?...ok, doncs que faci el pagament i després el denunciem per apropiació indeguda i li demanen indemnització bastant important.....

Què opineu...?, què faríeu cadascun de vosaltres...i vostè Richardson?

– Vostè   Sr. Anthony, està segur que té tota la documentació, no?

...la segona opció seria la més forta....però hem de pensar que abans de fer la subhasta, l'Entitat demanarà tota la documentació possible per que realment està lliure de càrregues i es pot fer aquesta subhasta...Penseu que si després es reclamés, primer passaria un temps i segon que el responsable seria la Entitat que fa la Subhasta, no en Wilson.....

– Vostè sap quan és la data de la subhasta?

– Sí, en tres setmanes, el dia exacte no el sé, però quan estigui fixat aleshores el sabré amb tota seguretat......

– Doncs opino què, Andrew tens dues setmanes per publicar-lo....podràs fer-ho?

– Tan bon punt demà arribi l'ordinador, m'hi poso, serà molt extens, però crec que podré, d'acord.

– Ok, tots estem a la expectativa....i vostè Richardson si té notícies si us plau, ràpid comuniquis amb nosaltres, a part, ara quan vostè se'n vagi....i no vull dir que el faig fora, parlarem els tres i després li passaré tota la documentació d'ells i les aportacions de cada escó, així podrà tancar tota la documentació per la Foundation.

– D'acord doncs men vaig, així farem, bona nit a tothom, fins demà.

– Amics, això cada vegada va més depressa.....teniu idea de les aportacions vostres...Mireu, començo jo amb la meva idea i si esteu d'acord, sort sinó parlem....val?
la meva idea és: amb el muntant de 250.000€.- més els 500.000€.- fan un total de 750.000€.-, aquest import és teu Frederick, però jo trobaria molt bé que d'aquests, l'Andrew tingués una bonificació del 20% es a dir 150.000€.- crec què sense ell encara estaríem batallant per aconseguir el que ja tenim....i jo participaré amb 1.000.000€.-....què tal?

Frederick va respondre que li semblava la idea perfecte, però havia de dir que la quantitat de 750.000€.- la dividim per dos entre ell i jo....si a tu no t'importa deixar-te fora d'aquesta divisió...l'Andrew va saltar!!...

– no estic d'acord, jo no arribo a tant però vull contribuir amb alguna quantitat......

– D'acord i ho trobo bé....digues la quantitat.....

– uf no sé, però més de 150.000.-€ no puc, això com a màxim....

– Perfecte, fa un total de 900.000.-€...es a dir 450.000.-€ cadascú,

D'acord?....va doneu-me els vostres carnets per passar el mail al Richardson i tu quan puguis Andrew fas la transferència dels 150.000€.-....val?

La Mary pobre cada vegada que entrava a casa estava més espantada, perquè l'activitat que hi trobava no hi estava acostumada..... – Mary, tranquil·la això només seran uns dies, després ja vindrà la calma...

– avui dinaran a casa Sr.?

– Doncs la veritat és què no ho sé.....però...

– si...ja sé...deixaré alguna cosa a la nevera per si un cas....no?

– Ets un sol Mary, gràcies.

Abans de les deu del matí, Amazon va portar l'ordinador....i Andrew enseguida va obrir-lo i diu....perfecte!! vaig al despatx per configurar-lo i començar...Anthony, diguem la clau de la Wifi de casa teva.

– Ok, té i jo mentre treballes vaig a visitar als Brokers, tu Frederick et quedes amb ell per si precisa qualsevol cosa...?
perfecte, doncs fins després.....ah què tal si vinc amb el menjar fet?.....

— Molt bé, si hi hagués qualsevol cosa em truques per telèfon, adéu.

La reunió amb el Broquer Neumann va ser llarguíssima perquè jo volia anar pel meu camí, finalment l'acord va ser molt bo i he aconseguit el que volia fer, un paquet amb tots el negocis, les propietats immobiliàries, menys la nau i una casa rústica que tinc a la vora del riu, a uns vuitanta quilometres de Londres, perfecte.
Ara hauré de parlar amb l'assessor financer i comunicar a tots els empleats la meva decisió de la meva venta, però que ells continuïn igual, aquesta va ser una de les meves condicions que ha sigut respectada. Quan vaig arribar a casa, tot just portaven el dinar que per telèfon havia encarregat... (menys mal), era tardíssim, que tal, com ha anat el matí?.....Frederick va dir-me que tot tranquil, com feia dies que no eren així i va sortir del seu despatx l'Andrew amb una cara amb uns ulls vermells a rabiar...... — Andrew, descansa una mica perquè sinó t'haurem de portar a l'oculista.....què tal vas?

— Com tu dius, a rabiar...a la tarda crec que el tindré a punt...

— Andrew ets una màquina....ara anem a dinar i parlem....

mentre dinàvem els hi vaig explicar tot el meu acord amb el Broker i el que havia de fer ara....

– El Frederick va preguntar-me que perquè feia això de despendre'm de tot ...

– Mira crec que he explicat vàries vegades els meus sentiments i la meva forma de veure la vida i tenir la felicitat i això és el denominador comú per entendre tot el que estic fent....inclús tu i la Foundation......per mi tot això és molt més important que el poder, les vostres amistats...etc brindem......!!!

– Anthony, estava l'altre dia...

– oh my god....ja tremolo....digues

– Andrew, no...no t'espantis, tu t'has fet un propòsit per publicar el teu article?...la idea és la següent...jo crec que massa confiança amb el Churchil no tens oi?, perquè no estudies de publicar-ho a tots els diaris de Londres i la BBC, que et sembla la idea? I per enredar més, al teu amic francès...serà una bomba atòmica!
L'assessorament el pot portar en Richardson...és bon advocat i ben pensat, que és el que ha de tenir un advocat...el important és un tema...tu estàs segur de tot i no hi podran fotre mà per cap lloc oi?

— Mira, afortunadament he pogut recuperar tot el meu treball que tenia al núvol encriptat i tota la resta de coneixements que han sorgit fins ara, tinc proves documentades per ensorrar a tots, Wilson, Stewart, Churchil i John Parker (què treballa sol i no implicava cap alcalde).
Estic... no puc dir tranquil·líssim perquè és el treball de la meva vida periodística, però per quan a la responsabilitat, la tinc plena.

— Perfecte Andrew, parlaré amb el Richardson.......i per publicar que et sembla la meva idea?

— Fantàstica!

— Molt bé, ara fem cafè i tu a treballar...jajaja i jo tornaré a parlar amb el Richardson, per explicar aquesta nova acció, ah...Andrew has fet la transferència?...ok, gràcies

— Richardson, tens molta feina?.....ja tens arreglats els papers de la Foundation?...doncs porta'ls que he de tornar a parlar amb vostè, a la hora què vulgui.....ok, l'espero, gràcies.

— Teniu els cafès.... Frederick cap el vespre he de parlar amb tu, després que l'advocat hagi marxat, estarem tranquils i ningú ens interromprà....

— d'acord Anthony....

M'entres no arribava el Richardson de la caixa forta, vaig agafar l'escriptura de la nau i vaig comprovar quants mts2 tenia a més de la nau....eren 800mts2 d'ocupació de la nau, més 1.700.-mts2 de sòl al voltant de la nau...li faré fotocòpia per en Richardson aprofitant que ara vindria, després de fer-la i guardar-la a la caixa forta, les copies les vaig grapar i vaig posar en un sobre preparat per ell.

Just havia acabat i era ell que trucava a la porta... – passa Richardson i gràcies per venir tan ràpid...seu i et preparo cafè

– gràcies Sr. Anthony, sense sucre.

– Té, pren el cafè que jo porto les meves ulleres de veure...Anem a veure, primer treu tots els papers de la Foundation, que els repassarem i signarem tots, per quan a la fiscalitat? És tot el que havíem parlat...lliure de cotització i ajudes de l'Estat del 50% per projectes d'innovació en el que també intervenen els empleats contractats...oi?...molt bé. Frederick, convé que te'ls llegeixis, has d'estar al corrent de tot, ets un altre soci fundador i per tant...sí... ja sé què no hi entens casi res, però poc a poc entendràs....va comença a llegir, jajajaja, Richardson mentre ell està amb això vull dir-te que aquest matí he estat amb el Broquer i he arribat a un acord, és el següent...li venc tots els negocis, les propietats immobiliàries, menys la casa rústica que tinc a la vora del riu, tu ja saps i la nau i el terreny que la voreja, aquí tens la fotocòpia de l'escriptura....entre superfície de la nau i terreny son casi 2.500mts quadrats.

– Uf,..quin cop li donarà....perquè crec que ho té coll avall....perquè si no estic equivocat, la nau i el terreny estan situats al mig d'aquesta superfície...
– Doncs, pren nota i crec que a principis de setmana podria atacar-lo....Com vulgui Sr. Anthony....esperarem. Bé i per últim volem parlar-te d'una idea, però volem saber si estàs preparat pel que t'explicarem......has pres el cafè? Ok. Com vas Frederick...acabes?, si veus alguna cosa que no hi entens pregunta-li al Richardson, ell t'ajuda...ara torno.

El despatx de l'Andrew semblava una redacció d'un diari...

– Andrew perdona, però quan puguis has de venir per signar la Foundation i explicar-li a l'advocat allò que hem parlat per la publicació del teu treball....d'acord ja vindràs....

– si de seguida vinc Anthony.

– què Frederick, ja estàs? Com veus els reglaments? Has vist alguna cosa que hagi cridat la teva atenció?

– La veritat és que ja t'he dit que no hi entenc massa per no dir res, això tu i l'advocat sou els que domineu.....

– Sí, però a vegades la persona que no hi entén veu alguna cosa que el que hi entén molt li passa per alt....però be, confiem amb el Richardson...Mira, ja està aquí l'Andrew, seu si us plau, que parlarem amb el Richardson del seu treball....li expliques tu Andrew?

– Val, jo li explico...a veure, com ja saps, estic acabant un treball d'investigació i denuncia en el qual surten implicades varies persones que tenen rellevància molt alta, políticament parlant.
Tot aquest treball està absolutament documentat i provat del que denuncio. El «problema» és que com saps, treballo al Telegraph, però resulta que una de les persones que estan implicades és el Director, per tant comprendràs que no li puc donar aquest treball perquè aleshores mai veuria la llum. Aquí hem parlat de fer-ho públic als dos o tres diaris més importants de Londres i inclosa la BBC TV. També, com està lligat el Sr. Lois, doncs publicar-ho amb el mateix diari que va publicar aquell article de «oblit» del matrimoni Lois per part de la Justícia Francesa i Policia. Ara un cop explicades les intencions entres tu, crec que ets conscient que hi haurà un soroll bastant fort, tan a Oxford com aquí a Londres, perquè en Wilson, què sobradament el coneixes, és procurador per Oxford

al Parlament Britànic. Aquí demostro com aquest home va fer-se amb tot el patrimoni immobiliari de la família Lois i amb els Laboratoris FL. I tu últimament dius al del terreny en el qual l'Anthony té una propietat, estaràs preparat? Tu seràs la cara publica de tot aquest merder que muntarem i a més després de la denúncia amb el meu treball, tots tres signarem una denuncia per usurpació, prevaricació, falsedat documental, tràfic d'influències i no sé quantes coses més..la idea seria pèrdua de la titularitat del seu laboratori amb benefici del Sr. Lois i 1.000.000.-€ per danys i perjudicis...A vosaltres us sembla bé?...Sr. Richardson...es veu amb cor d'afrontar tot això?

– Senyors....quan surt publicat?....tant debò que surti el més aviat possible, perquè tinc moltes ganes de despullar a aquest mafiós... Sr. Andrew està tot a punt?

– Demà al matí el tindré a punt, mentre tant, el posaré amb contacte amb el diaris d'aquí i el de França i després la BBC.

– Jo el puc ajudar a la BBC conec l'editor de l'espai Notícies, va ser client meu i des de llavors som molt amics....

– Perfecte doncs Richardson, demà compti amb l'article perquè vostè ja pugui parlar amb el seu amic...seria per que s'emetés demà passat no?

Pregunto per la edició dels diaris....què fins demà passat no sortiran al carrer....

– Exacte, vostè tan punt em digui....ja el tinc, automàticament parlo amb ell perquè es programi al lloc de les notícies on ha d'insertar-ho.

– deixeu-me fer aquestes trucades als diaris i de seguida concretem el plà a fer.

Al cap d'un quart d'hora l'Andrew ja tenia tot lligat, tenia les adreces de e-mail de tots els responsables per publicar a l'endemà, inclòs el diari francès... l'Andrew era com aquell que diu (amigablement) una bèstia....estava en plena ebullició,

– ok doncs demà Sr. Richardson el truco i ara si em permeteu, torno al deure...jajaja

estava pletòric, però es que era contagiós i al final tots estàvem nerviosos e il·lusionats per què arribes demà.

Mary va arribar abans de les nou del matí, semblava com si sàpigues que hi havia avui molta moguda...

– bon dia a tots! volem esmorzar? Què volen? Teniu gana? O amb un suc i un cafè de moment passem...tots varen dir que sí i la Mary, de seguida

225

va posar-se a fer els sucs i la cafetera ja la tenia a punt. – Tinguin...aquí a la cuina?

– Sí, gràcies.

– Sr. Anthony avui els hi faré dinar per tres o algú més...
– sí, si us plau, però per quatre, gràcies Mary, vam anar al meu despatx. – Andrew qué fem?.....

– Jo ara truco al Richardson per dir-li que ja està tot a punt i que et sembla Anthony...li dic que vingui, així tots quatre veurem el treball, el comentarem i després el Richardson què faci el què prefereixi, li porta el pendrive al seu amic de la BBC o li enviem per e-mail i nosaltres a tots als diaris per la seva publicació, què opineu? Frederick i jo vam mirar-nos i li vam dir que era perfecte el plà. De seguida l'Andrew va trucar al Richardson per què vingués el més aviat possible,...gràcies fins ara doncs. Mentre esperàvem al Richardson, va trucar el Rolf per parlar amb l'Andrew.... – digues Rolf, cap novetat...?....ah si? i com ho pots fer? Ok, passa'ls per whatsapp..però urgent, perqur en cinc minuts tanco el treball, has sigut molt oportú, gràcies Rolf, fins ara., gràcies.

Resulta que té dues converses gravades, una del Stewart, l'inspector amb el Tom Parker, el del Consistori. I l'altre del Stewart amb el Churchil...apoteòsic!! aquestes converses que arribaran per whatsapp les passaré a tot l'expedient que tinc obert a l'ordinador. Una vegada finalitzat serà encriptat i pujat al núvol, amb tota la seguretat possible, però a més, faré copia per vosaltres dos com sempre, d'acord? Estàvem trucant a la porta i la Mary va obrir la porta...era Richardson....passa al despatx,

la Mary va acompanyar-lo – el senyor vol un cafè?.... – no gràcies.

Una vegada instal·lats a la taula, l'Andrew va obrir el seu ordinador i va dir que ja podiem llegir i esperaria la opinió de tots...quasi mitja hora vàrem trigar a llegir tot aquell informe...estàvem tots molt seriosos fins i tot en Richardson....després d'uns segons què per l'Andrew li deurien semblar hores, no va poder més i va cridar....-- què...?

– IMPRESSIONANT....UN TREBALL IMPECABLE VA DIR AN RICHARDSON....

– així que doneu el vist-i-plau?

– Tant es així què jo ara mateix truco a l'amic de la BBC.

– Andrew li pots passar per e-mail a ell?...sí no? – Si vull parlar amb el Ferguson, Mike Ferguson. De part de Richardson...gràcies. ei...com estàs?...me n'alegro...sí...que duri no?, escolta Mike tinc una primícia que demà surt a tots als diaris de Londres e inclús a un diari Francès...sí...molt important...que dius, t'interessa?...ok, sí...el periodista en qüestió l'envia a la teva direcció d'e-mail...quan vegis qui el firma ja em diràs......no...vull saber la teva reacció quan vegis la firma...només et faig un comentari....NO TE DESPERDICI. Val et deixo què deus estar de feina fins a dalt....i jo també, afortunadament, gràcies, una abraçada i ja diràs, adéu.

– Andrew, la BBC ja espera la seva feina..ara no, però una vegada estigui publicat em farà arribar una copia a mi per repassar tot el contingut i que estigui ben preparat per quan contraataquin els taurons...

– Perfecte Richardson, si us plau, vol escriure la direcció de l'e-mail del Sr. Mike Ferguson?....perdó.... aquí la té, és el seu personal, així arriba on ha d'arribar, també li escric el seu telèfon......

– Richardson, vols quedar-te a dinar? Segur que la Mary ha fet dinar per tots...segur!!

– No gràcies Anthony, vull acabar els documents de la Foundation i que els signeu tots per registrar els documents a Fiscalia i també el nom de la Foundation, gràcies per tot i potser a la tarda vingui per la signatura...ok?

Després de marxar Richardson tots tres estàvem una mica cansats de tanta tensió. L'Andrew va anar al seu despatx i jo a consultar el meu correu electrònic i el Frederick va anar a fer companyia a la Mary...mitja hora més tard estàvem dinant a la cuina....per mi el lloc més agradable de casa. Mary havia preparat tot un dinar magnífic.... – jo crec què necessitem el que una dona ens cuidés després de tants dies de menjar preparat....i més si és la Mary...que tant me l'estimo.

– Sr. Anthony....em fa posar vermella...i tots vam riure inclòs ella.

Després de dinar vam anar al meu despatx a prendre el cafè i la Mary va recollir la cuina i de seguida, es va acomiadar fins demà, però abans va dir que hi deixava a la nevera uns entrepans i beguda per la nit...era fantàstica.
Jo soc un mal pensat, però vaig observar què en Frederick cada vegada que mirava a la Mary se li il·luminaven els ulls..

– Ara que estem sols vull dir la última idea que tinc previst de fer i crec que ara ha arribat l'hora.... Vull dir que la nau que tinc al terreny que comentava en Richardson des de fa un temps, té un destí d'ús....i aquest és...la ANIMA FUNDATION.....rehabilitarà la nau per poder albergar-hi uns GRANS LABORATORIS! i a més, sobrarà espai per construir a la mateixa nau unes vivendes pels investigadors que treballin als laboratoris, a més, tindran un espai verd de quasi mil metres per esbarjo.

El Frederick i l'Andrew estaven callats, però amb els ulls mig plorosos. − ..No ploreu...no us agrada la idea?... − tots dos van aixecar-se i em van abraçar....total vam acabar tots tres plorant d'emoció....

− Per un si de cas guanyem tot el que demà comencem, i tenim la indemnització i la titularitat dels altres laboratoris d'Oxford, els absorbirà la Foundation i els destinarem a formar a enginyers de la investigació, què després passarien al de Londres...què tal?

Vam acabar amb un aplaudiment...i tornant a plorar tots tres...està vist que l'edat et debilita els sentiments...per acabar vull dir-te una cosa..Frederick, tu te'n recordes aquell dia al parc al nostre banc preferit què vaig dir-te......FREDERICK, DIGUEM QUI ETS....des d'aquell precís moment, quan vaig començar a escoltar el que m'explicaves amb aquella serenitat, jo acabava d'arribar d'un viatge...te'n recordes?....doncs des d'aleshores em va venir la idea que ara acabo d'exposar-te i em fa molt feliç de revelar-te el meu desig i que hi sigui present l'Andrew, una altre persona íntegra dels que hi han molt pocs....

Una vegada va passar tota la emoció del moment, vam tornar a la terra...Andrew va dir què anava a fer el pas definitiu....faria e-mails a totes les persones amb qui havia parlat, inclòs el francès, i després al Mike de la BBC...van ser escassament deu minuts i jo mentre tant al Richardson per telèfon per dir-li que per fi estava tot en marxa... – ja han sortit els e-mails...val doncs vine....ok, porta també la documentació de la Foundation, gràcies, fins ara.

Va arribar tan ràpid en Richardson que semblava com si visqués al costat de casa meva...va arriba esverat...que passa home, relaxa't..

– calleu...acabo de parlar amb el Mike Ferguson.....diu que vol parlar amb tu Andrew, que és una bomba atòmica, que no sap si pot posar-ho a les notícies de la nit...està impacient per parlar amb tu...el truco i parles Andrew, ok?

– Mike? Soc jo, et passo a l'Andrew.....

– Si, soc l'Andrew...molt de gust,...per suposat que està tot documentat, provat e inclusiu amb gravacions de situacions compromeses per ells.....pot estar tranquil de fer-la pública i la llàstima ha estat no poder fer-ho abans, però sap vostè que he tingut molts problemes de seguretat. D'acord acceptaré encantat la entrevista en directe quan vostè vulgui...molt bé, gràcies i molt de gust.

Després al cap d'una hora, tot van ser trucades de telèfon dels responsables de publicar aquesta notícia tan important...el contacte de França li va posar un whatsapp dient-li que li havia donat el seu treball al Fïgaro, considerava que era el més important i què li consta que ja estan confeccionant la primera pàgina on estarà el seu treball.

Tot una expectació del món del periodisme....espectacular la reacció dels professionals.

Estàvem a casa ja més tranquils i sobretot en Richardson

– voleu prendre alguna cosa de beure.....cervesa, vi, brandi...que voleu...cerveses per tots?...val les porto..sense got oi?...ok aquí teniu...brindem perque tot arribi al final com desitgem....

Richardson has portat els papers per signar?....si?..ok doncs vinga tots a firmar i aquest Sr. ja tindrà feina demà....jaja

– Sr. Anthony, després de dinar abans de venir a casa seva ha trucat el Sr. Neumann...el Broker, em pregunta que quan es pot firmar la compra/venda......

– oh my god! aquesta es l'última de tot oi?, després d'això hem d'anar tots a un balneari perquè ens estiguin fregant durant una setmana seguida......doncs diga-li què demà a la tarde...les compra/vendes com més ràpid millor. Em confirmes tan aviat com sigui possible Richardson

– Doncs ara mateix el truco........Sr. Neumann, estic aquí amb el Sr. Culligan, li sembla demà la tarde?...si?...sobre les quatre de la tarde, sí al meu despatx....perfecte fins demà.

– Anthony, necessitaré tots els documents de tot el contingut de la venda per redactar el document, quan podré tenir-los tots?

– Doncs deixa'm que vaig al despatx a veure que hi trobo.....

en mitja hora ja tenia tot preparat, amb una bona carpeta, li dic al Richardson...aquí tens tot no falta res.....

– Doncs així he de marxar, perquè tinc feina fins la matinada, demà al matí vull registrar tot el referent a la Foundation, estar una mica lliure per poder llegir algun diari i al migdia veure la BBC.....

– Richardson, podràs estar a la una per dinar tots junts a casa i veure la BBC tots plegats?.......

– Aquí hi seré Sr. Anthony....val adéu a tothom, bona tarda.

Després de marxar els hi vaig dir si volien sortir

– on vols anar Anthony?

– ....doncs volia anar on està la nau i el terreny perquè la veiessiu, què tal, anem?

Vam agafar el cotxe i en qüestió d'un quart o vint minuts ja estàvem allí...els dos van quedar-se molt impressionats de la nau, sí, estava bastant malament, però l'estructura estava perfecte, què l'arquitecte l'aprofitaria pel Laboratori i crec que donaria per fer vint o vint-i-cinc petits apartaments d'uns cinquanta metres quadrats, estava pensant en veu alta i ells em contestaven què si......jaja...va ser un cruament d'idea i parlar...estava situat més al costat del Parc que no al centre, com deia en Richardson, per tant la situació era molt bona...en fi, això els professionals farien la seva feina.

– Està molt be no? Us ha agradat? Jo al despatx tinc un projecte per fer pisos de luxe, però avui en dia ja és antic i a més no és el destí d'aquesta nau....esteu molt callats tots dos...què passa?....

– No, què això és un projecte molt ambiciós, però va per llarg....

Mireu, ahir quan a tu et vaig dir Frederick el projecte aquest de la nau...laboratoris..etc, vaig deixar-me una cosa...que truquessis als teus vells empleats, al Jonathan i el Marc per invitar-los un cap de setmana a Londres, ja els hi buscaria un hotel.

El motiu seria per explicar-los aquest projecte i si podies comptar amb ells i amb qui més, que naturalment és competència teva com tota la resta...gent, instal·lacions, maquinària, etc...tu ets el professional......per tant, si us plau, vull que els truquis el més aviat possible per que tinguis una entrevista amb ells, d'acord Frederick?

L'Andrew va posar de la seva part i va dir-li...

– Frederick... l'Anthony té tota la raó i aquestes coses no es poden deixar a última hora i entre tu i jo coneixen a l'Anthony com és....en un màxim d'un any i mig tot està a punt...

– D'acord... quan arribi a casa els truco als dos, ho prometo!

Quan ja estàvem a casa i mentre el Frederick trucava als ex-empleats, jo mirava que havia deixat la Mary de sopar per nosaltres, fantàstic! uns entrepans i fruita....quan estava tot preparat, que va ser en cinc minuts, cridava a l'Andrew i al Frederick.. – a sopar...! –

Ràpid estàvem asseguts a la taula de la cuina menjant i bevent unes cerveses....estàvem tranquils, però al mateix temps impacients per que fos demà per veure que passava...a la hora d'anar a dormir, ens vàrem dir bona nit i vam dir que el primer que arribés a la cuina que fes cafè...si no havia arribat la Mary....val?... – fins demà bona nit.

Estevam tots tres a las set del matí a la cuina prenent cafè....
l'Andrew va agafar l'ipad per veure els diaris...i el Frederick va connectar la TV... l'Andrew va cridar.....

– uauuuu!...tots els diaris a primera pàgina! Espectacular!.... impressiona molt... no?...i el Frederick va cridar...
– calleu... calleu...era la BBC i estava parlant en persona el Mike...uf...va està parlant més de deu minuts desgranant tot l'article de l'Andrew, el va anomenar tres o quatre vegades...era com si fos un esdeveniment nacional, al final va emplaçar al James Wilson si volia fer algun tipus de declaració després d'aquestes notícies aparegudes avui a tot el país, inclòs a França segons las seves informacions....ens vàrem tranquil·litzar i l'Andrew va dir....
– ja está!! el meu treball ha vist la llum i soc molt feliç...ja tinc prou, el que vingui després ja és una altra història....trucaven a la porta i evidentment, era en Richardson.... – què tal?

– Andrew, estàs content?......

– molt Richardson...molt, ara els hi deia a ells, en aquest moment estic molt...molt feliç, ara el que vingui després ja no importa, és una altra història, te la deixo per tu, el que sapigueu defendre els interessos de tots i aconsegueixis el que varem parlar l'altre dia. Com diu l'Anthony, soc molt feliç d'ÀNIMA...!! la tinc dins!!

– i jo també estic igual que tu Andrew, després de sentir tot el que l'Anthony vol fer amb mi....que més vull, sí, em fa sentir molt feliç a l'ANIMA també...

– dons ja som tres!!!....

– ara Richardson et toca a tu consolidar aquest projecte.
Nosaltres ens posarem a segona o tercera línia, no agafarem ni el telèfon, tu exclusivament tindràs un número nou per comunicar-te amb nosaltres i nosaltres farem el que volem fer, ja saps, dedicats íntegrament a la nau, per convertir-la en uns Laboratoris de referència..i alguna altra cosa més... Tu després d'aquesta tarda quan tinguem l'entrevista amb els Brokers, ja quasi no tindrem cap entrevista més, saps el que s'ha de fer i volem que aconsegueixis tot...tombar i arruïnar al Wilson i la resta d'involucrats, i aconseguir la indemnització i els Laboratoris d'Oxford d'acord??, estem tots d'acord?....dons vinga a dinar.....

La Mary ja sabia i tenia la taula principal preparada i un dinar que tots la vàrem felicitar....naturalment la Mary estava vermella com un tomàquet...vàrem fer un brindis i la Mary també la vam obligar a fer el xinxin.

27/05/2020

post-data:
jo, una vegada realitzats tots els projectes que ens havíem proposat, fent una gran inauguració dels laboratoris, amb el Frederick completament satisfet, vàrem fer un sopar de celebració i comunicació de nous projectes. L'Andrew va comunicar que emprenia una nova tasca de periodisme/investigació al Brasil, el Frederick es dedicaria definitivament a la investigació i jo per fi iniciava un viatge *sine die* per experimentar el món budista.

El vostre amic per sempre

Anthony Culligan